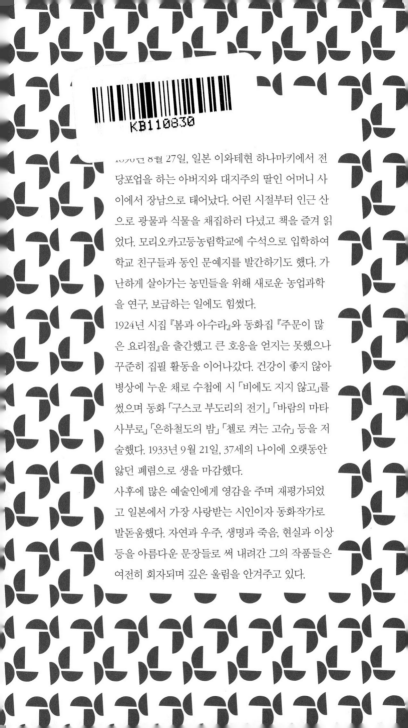

1896년 8월 27일, 일본 이와테현 하나마키에서 전당포업을 하는 아버지와 대지주의 딸인 어머니 사이에서 장남으로 태어났다. 어린 시절부터 인근 산으로 광물과 식물을 채집하러 다녔고 책을 즐겨 읽었다. 모리오카고등농림학교에 수석으로 입학하여 학교 친구들과 동인 문예지를 발간하기도 했다. 가난하게 살아가는 농민들을 위해 새로운 농업과학을 연구, 보급하는 일에도 힘썼다.

1924년 시집 『봄과 아수라』와 동화집 『주문이 많은 요리점』을 출간했고 큰 호응을 얻지는 못했으나 꾸준히 집필 활동을 이어나갔다. 건강이 좋지 않아 병상에 누운 채로 수첩에 시 「비에도 지지 않고」를 썼으며 동화 「구스코 부도리의 전기」 「바람의 마타사부로」 「은하철도의 밤」 「첼로 켜는 고슈」 등을 저술했다. 1933년 9월 21일, 37세의 나이에 오랫동안 앓던 폐렴으로 생을 마감했다.

사후에 많은 예술인에게 영감을 주며 재평가되었고 일본에서 가장 사랑받는 시인이자 동화작가로 발돋움했다. 자연과 우주, 생명과 죽음, 현실과 이상 등을 아름다운 문장들로 써 내려간 그의 작품들은 여전히 회자되며 깊은 울림을 안겨주고 있다.

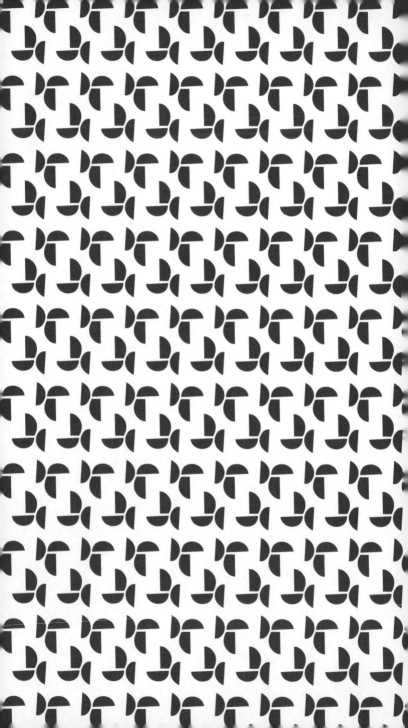

미야자와 겐지의 문장들

미야자와 겐지의
문장들

미야자와 겐지

정수윤

엮고 옮김

마음산책

엮고 옮긴이 | 정수윤

경희대학교를 졸업하고 와세다대학교 문학연구과에서 석사학위를 받았다. 지은 책으로 『날마다 고독한 날』 『모기 소녀』가 있다. 옮긴 책으로 미야자와 겐지의 『봄과 아수라』, 나쓰메 소세키의 『도련님』, 다와다 요코의 『지구에 아로새겨진』, 다자이 오사무의 『만년』 『신햄릿』 『판도라의 상자』 『인간 실격』, 미시마 유키오의 『금색』, 사이하테 타히의 『밤하늘은 언제나 가장 짙은 블루』 『사랑이 아닌 것은 별』 『사랑의 솔기는 여기』 등이 있다.

미야자와 겐지의 문장들

1판 1쇄 인쇄 2023년 8월 20일
1판 1쇄 발행 2023년 8월 25일

지은이 | 미야자와 겐지
엮고 옮긴이 | 정수윤
펴낸이 | 정은숙
펴낸곳 | 마음산책

편집 | 성혜현·박선우·김수경·나한비·이동근
디자인 | 최정윤·오세라·한우리
마케팅 | 권혁준·권지원·김은비
경영지원 | 박지혜

등록 | 2000년 7월 28일(제2000-000237호)
주소 | (우 04043) 서울시 마포구 잔다리로3안길 20
전화 | 대표 362-1452 편집 362-1451   팩스 | 362-1455
홈페이지 | www.maumsan.com
블로그 | blog.naver.com/maumsanchaek
트위터 | twitter.com/maumsanchaek
페이스북 | facebook.com/maumsan
인스타그램 | instagram.com/maumsanchaek
전자우편 | maum@maumsan.com

ISBN 978-89-6090-832-1 03830

* 책값은 뒤표지에 있습니다.

인간이 있고, 종이가 있고, 펜이 있어,

꿈처럼 이 풍경을 쓴다.

미야자와 겐지(1896~1933)

차례

마을에 바보라고 불리는 사람이 있었습니다. 사람 좋은 얼굴로 늘 웃고 다니고, 비 오는 날 푸른 수풀을 바라볼 때는 기쁨에 겨워 눈을 깜박거렸으며, 하늘을 날아오르는 새를 발견하면 손뼉을 치며 즐거워했습니다. 그 사람의 이름은 겐주.

하루는 겐주가 어머니에게 부탁합니다. "삼나무 묘목 700그루만 사 주세요." 뒷마당 공터에 나무를 심겠다고 합니다. 형은 나무를 심어 무엇 하냐고, 차라리 논이나 밭으로 땅을 경작해서 돈을 벌라고 합니다. 하지만 어머니는 자라면서 한 번도 무엇을 요구한 적 없는 겐주의 소원을 들어주고 싶었습니다.

700그루의 묘목을 손에 넣은 겐주는 열심히 땅을 파고 나무를 심었습니다. 사람들은 저렇게 딱딱한 땅에 삼나무가 자라겠느냐며 "바보는 바보다"라고 비웃었습니다. 과연 삼나무는 그리 높이 자라지 않았고 10년이 흐르자 사람 키가 조금 넘는 아담한 숲이 되었습니다.

그런데 겐주가 마을 아저씨의 조언에 따라 가지치기를 한 다음 날이었습니다. 숲에서 커다란 웃음소리가 들려왔습니다. 놀라서 가보니 동네 아이들 50명 정도가 하굣길에 숲을 행진하고 있었습니다. 가지런히 줄을 맞춘 초록빛 삼나무 사잇길을 아이들은 신이 나서 소리를 지르며 걸었습니다. 도쿄 길, 러시아 길, 유럽 길이라는 이름도 붙였습니다. 겐주도 기뻐 삼나무 그늘에서 입을 크게 벌리고 하하하 웃었습니다. 그날 이후 아이들은 날마다 겐주의 숲으로 모여들었습니다. 세월이 흘러 겐주가 죽고도 겐주의 숲은 오래 남아 마을 아이들이 뛰노는 공원이 되었습니다.

미야자와 겐지의 1923년 작 「겐주 공원 숲虔十公園林」 줄거리입니다. 작가의 고향인 이와테현 사투리로 겐지는 겐주가 됩니다. 겐주가 너른 공터에 어린나무를 심었던 것처럼 겐지는 흰 종이 위에 시와 동화를 써 내려갔습니다. 그로부터 100년이 흘렀습니다. 겐지가 남긴 무성한 문학의 숲 아래 얼마나 많은 아이와 어른이 맑은 공기를 마시고 마음의 위안을 얻었을까요.

한 권의 책. 그것은 정말이지 한 그루의 나무가 인간에게 주는 위로, 그 이상의 것을 안겨줍니다. 그리고 어쩌면 긴 세월 생명력을 잃지 않고 사람들의 마음에 다가가는 책이란 겐주처럼 조금은 바보처럼 보이는 사람들이 써내는 것인지도 모릅니다. 병상에서 수첩에 연필로 끄적인 시 「비에도 지지 않고雨ニモマケズ」에서도 겐지는 이렇게 말합니다.

> 모두에게 바보라 불리고
> 칭찬도 받지 않고
> 고통도 주지 않는
> 그런 사람이

나는 되고 싶네

주변에서 바보라고 불릴 만큼 내 것을 챙기는 데는 서툴지만, 모두가 쉴 수 있는 숲을 만들고 그 숲 그늘에서 즐거워하는 사람들과 행복에 겨운 아이들을 보며 하하하 웃고 싶었던 사람. 겐지는 그런 사람이 되고 싶었습니다. 그것이 인간의 책임이라고 믿었습니다.

척박한 현실을 떠나 이하토브의 세계로

인간은 모두 평등하지만, 현실은 그렇지 않은 경우가 많습니다. 태어나보니 이런 땅이라니. 이런 가족이라니. 당신은 절망했을까요, 안도했을까요. 1896년 여름, 일본의 북쪽 이와테현 하나마키에서 태어난 어린 겐지는 조금 안도했을지도 모릅니다. 뾰죽뾰죽 높이 솟은 산지로 둘러싸인 척박한 땅이었지만 겐지의 할아버지 기스케는 마을에서 돈을 쥐락펴락하는 전당포를 운영하여 가업을 이루었고 외가는 대지주로 풍족한 집안이었습니다. 2남 3녀의 겐지 형제들은 요샛말로 마을의 '금수저'였죠. 농업이 중심인 마을은 빈번한 냉해, 홍수, 지진 등으로 흉작이 들기 일쑤였고 그렇다 보니 유행병이 자주 돌아 인명 피해도 컸습니다. 마을에는 배를 곯는 아이들이 많았습니다.

그러나 아이러니하게도 마을에 흉작이 생기면 겐지 아버지의 전당포는 더욱 성행하였습니다. 먹을 것이 필요한 사람들은 입고 있던 옷이며 집안에서 내려오는 귀중품이며 소중한 땅까지 저당 잡아 돈을 구해야 했으니까요. 유난히 광물을 좋아하여 온 동네 산과 들을 돌아다니며 돌을 캐서 '돌멩이 겐'이라는 별명을 얻은 겐지의 눈에도 마을의 처참한 상황이 다 들어왔을 터입니다. 또 겐지는 종종 아버지 대신 전당포 일을 도우며 곤궁한 농민들을 가까이에서 지켜보았습니다. 최선을 다해 농사를 지어도 자연의 힘 앞에 무릎 꿇은 사람들은 가족을 먹여 살리기 위해 귀중한 것들을 맡기고 돈을 빌려 갔습니다. 그들의 얼굴에는 시름이 가득했습니다.

어떻게 하면 저들을 도울 수 있을까. 어떻게 하면 저들의 얼굴에 웃음이 돌아오게 할 수 있을까. 우선은 마을의 농업 생산성부터 강화해야 한다. 그렇게 판단한 19세의 겐지는 모리오카고등농림학교로 진학합니다. 오늘날 이와테대학교 농학부의 전신입니다. 그곳에서 지질학, 토양학, 기상학, 농학 등을 공부하며 농민들이 일한 만큼 윤택하게 생활할 방법을 모색합니다. 세상을 뜨기 두 해 전인 35세에 쓴 동화 「구스코 부도리의 전기グスコーブドリの伝記」에는 기상학과 지질학을 연구해 농촌에 희망을 주는 학자가 등장합니다. 겐지도 그런 사람이 되고 싶었습니다. 그랬기에 세상을 떠나는 마지막 날까지 자신을 찾아온 농민들에게

비료 상담을 해주며 조금이라도 비옥한 땅에서 경작할 수 있도록 도움을 주었습니다.

하지만 인간이 진정한 행복을 얻는 것은 경제적인 안정만으로는 부족했습니다. 겐지는 예술이 노동하는 인간의 삶을 정서적으로 풍요롭게 만든다고 믿었습니다. 소설과 시, 음악과 연극, 미술과 공연. 예술의 이 모든 분야가 인간의 삶에서 얼마나 중요한지 겐지는 알고 있었습니다. 이러한 신념을 담은 글이 「농민예술개론강요農民芸術槪論綱要」입니다. 어떻게 하면 농촌 마을에 예술을 부흥시킬 수 있을까, 어떻게 하면 노동과 예술이 공존하는 삶을 살 수 있을까. 조금은 투박한 이 글에 겐지의 그런 고민이 담겨 있습니다. 오늘을 사는 우리도 이 글 속에서 실마리를 발견할 수 있을지 모릅니다. 그런 의미에서 겐지의 「농민예술개론강요」를 이 책의 마지막에 실었습니다.

한편, 현실이 빠듯할수록 사회에서 소외되는 건 아이들이었습니다. 힘겹게 살아가는 아이들에게 꿈을 안겨주고 싶었던 겐지는 『안데르센 동화집』을 읽으며 동화 습작을 시작합니다. 25세에 하나마키농업학교 선생님이 되어 아이들을 가르치면서 더욱 활발히 창작 활동을 펼칩니다. 동화 「주문이 많은 요리점注文の多い料理店」「쏙독새의 별よだかの星」「고양이 사무소猫の事務所」 등을 이때 썼고, 학교 강당에서 직접 쓴 연극 「폴라노 광장ポラーノの広場」 등을 학생들과 함께 상연하는 한편, 교가를 비롯한 동요를 직접

만들기도 했습니다. 더 큰 꿈을 위해 교사라는 직업을 그만두고는 토요일 밤마다 마을 아이들을 불러 모아 자신이 쓴 동화를 낭독해주었습니다.

더 많은 아이에게 자신이 쓴 동화를 들려주기 위해서는 책이라는 형태로 출판해야 했습니다. 28세의 겐지는 그동안 써둔 동화들을 모아 '이하토브 동화'라는 부제를 단 『주문이 많은 요리점』 1천 부를 자비로 출판합니다. 「도토리와 들고양이どんぐりと山猫」를 시작으로 모두 아홉 편의 동화가 실려 있었습니다. 그 책의 서문을 본문 첫머리에 실었습니다. 겐지 살아생전 출판된 유일한 동화 작품집입니다. 그런데 '이하토브'라는 말은 무슨 뜻일까요. 하라 시로가 집대성한 『미야자와 겐지 어휘사전宮澤賢治語彙辞典』을 잠시 펼쳐보겠습니다.

> 이하토브【지리】 겐지의 중요한 조어造語 지명.
> 이하토브 동화 『주문이 많은 요리점』 광고 전단에
> "이하토브는 하나의 지명이다. 드림랜드로서 일본
> 이와테현이다"라고 명기되어 있다. 이와테현을
> 지칭하는 것이 분명해 보인다. 그러나 겐지답게
> 세련된 작명 유래에는 여러 설이 있다. 온다 이쓰오는
> 이와테(이하테)의 테를 에스페란토*식의 '토'로 바꾸고

---

*　만국 공용어를 목표로 만들어진 인공어이다.

독일어 지명을 의미하는 '브'를 달았다고 추측한다.
혹은 일본 신화 '아마노이하토'에서 유래한다는
설도 있으나 독일어 'Ich weiß nicht wo'(이히 바이스
니히트 보. 영어로는 I don't know where. 『장자』에 나오는
무하유지향無何有之鄕, 즉 어떤 것도 존재하지 않는 무위자연의
이상향이자 파라다이스)에서 왔을 거라는 다케시타
가즈마의 주장이 설득력 있다.

그러니까 이하토브는 '이와테'에 서양풍 발음을 살짝 붓질
하여 만들어낸 신비로운 이상향의 세계입니다. 어둡고 우
울한 현실에 처한 아이들은 이하토브라는 다른 차원의 세
계에서 기이하고 놀라운 일들을 마주합니다. 도토리들이
자기가 더 잘났다고 말싸움하고, 고양이들이 인간 요리를
먹으려 벼르고 있으며, 산도깨비가 사람인 척 마을로 내려
와 축제를 즐깁니다. 아이들은 이하토브 세계에서 입이 떡
벌어져 상상의 나래를 펼쳤을 것입니다. 겐지 선생님이 조
곤조곤 들려주는 이야기를 들으려고 토요일 밤을 손꼽아
기다리는 아이들도 있지 않았을까요. 그런 아이들을 보고
기뻐하며 겐지는 책상 앞에 앉아 더욱 창작에 열을 올렸
을 겁니다. 경제적인 이윤이 전혀 남지 않는 일에 골몰하
며 나무를 심었던 겐주처럼 말이죠. 겐지는 속세의 사람들
과는 전혀 다른 것에 가치를 두고 살아가는 사람이었습니
다. 부모님께 불효라고 생각하면서도 결혼하지 않고 자신

이 옳다고 생각하는 길을 홀로 걸어가기로 다짐합니다.

여동생의 죽음과 북쪽으로의 여행

깊은 밤, 하늘을 올려다보면 은하 정거장을 향해 달려가는 열차가 보입니다. 환하게 불 켜진 차창 밖으로 고개를 내밀고 지구를 내려다보는 사람의 그림자도 보이고요. 그들은 모두 지상에서 목숨이 다하여 다른 차원으로 여행을 떠나는 죽은 자들입니다. 하지만 이상하게도 그중 죽지 않은 소년 하나가 끼어 있어요. 소년의 이름은 조반니. 조반니는 친구인 캄파넬라와 함께 밤하늘을 달리는 열차 여행을 하며 다양한 사람을 만나고 신비로운 광경을 목격합니다. 그러다가 언덕 위에서 깜박 잠이 들었던 조반니가 눈을 떠 마을로 달려갔을 때, 캄파넬라가 강물에 빠져 죽었다는 사실을 알게 됩니다. 미야자와 겐지의 걸작 동화 「은하철도의 밤銀河鉄道の夜」의 내용입니다.

지상의 광물을 수집하고 다니던 겐지는 하늘에 떠 있는 광물인 별에도 관심이 많았습니다. 22세에 가족 앞에서 낭독한 첫 동화 「쌍둥이별双子の星」, 직접 선율을 붙여서 연주한 「별자리의 노래星めぐりの歌」, 못생긴 새가 아름다운 별이 된 「쏙독새의 별」 등 밤하늘의 별을 주제로 한 동화가 적지 않습니다. 그리고 천문학을 향한 관심은 「은하철

도의 밤」이라는 감탄스러운 명작을 탄생시킵니다.

그 과정에는 세상에서 가장 아끼던 여동생 도시의 죽음이 있었습니다. 두 살 어린 도시는 누구보다 오빠를 잘 이해하는 사람이었습니다. 장남 겐지가 가업을 물려받지 않겠다고 선포하여 아버지와 큰 불화를 겪었을 때도 도쿄의 일본여자대학교에서 공부 중이던 도시는 오빠에게 띄우는 편지에서 "한 사람 한 사람이 각자의 천직을 찾아내어 그것을 이룰 수만 있다면 더 이상 좋은 일은 없을 거야"라며 응원합니다. 오빠인 겐지도 도시에게 "앞으로 나는 무슨 일이 있어도 남에게 강요하는 행동은 하지 않을 테고 혹시 집안에서 그런 일이 발생한다면 끝까지 반대할 테니 무엇이든 네가 가장 좋다고 생각하는 방향으로 가려무나"라고 말해주는 든든한 사람이었지요.

그랬던 도시가 결핵에 걸려 위독하다는 연락이 옵니다. 오빠는 하던 일을 팽개치고 이와테에서 도쿄까지 단숨에 야간열차를 타고 여동생에게 달려가 두 달간 간병을 합니다. 이후 쾌차한 도시는 고향으로 돌아와 여학교 선생님이 되었고, 진로 문제로 방황하던 겐지는 가족에게도 말하지 않고 무작정 도쿄로 와서 반년 정도 홀로 동화 원고를 쓰기 시작합니다. 그러던 어느 날, 고향에서 날아든 전보에는 다시금 도시가 위독하다고 적혀 있었습니다. 겐지는 그동안 쓴 원고를 큰 트렁크에 채워 넣고 고향으로 돌아옵니다. 글을 쓰기로 작심하고 도쿄로 떠났지만, 사랑하는 여동생을 작별 인사조차 하지 않고 떠나보낼 수는 없었습니다. 이듬해 1922년, 눈보라가 치던 어느 초겨울날 도시는 24세를 일기로 세상을 떠납니다.

아아 도시코
이제 죽음의 문턱에서
나의 일생을 밝혀주려고
이렇게 산뜻한 눈 한 그릇을
너는 나에게 부탁했구나
고맙다 나의 씩씩한 누이여
나도 올곧게 나아가겠다

도시가 죽은 날 아침 여동생을 기리며 쓴 시 「영결의 아침永訣の朝」의 일부입니다. 작품 속에서는 더욱 애착 가는 명칭인 도시코라고 불렀습니다. 「솔바늘松の針」「무성통곡無声慟哭」을 그날 아침 써냈고, 이듬해인 1923년 여름에는 북쪽으로 떠나는 여행길에서 여동생을 잃은 아픔이 고스란히 담긴 연작시를 남겼습니다. 당시 일본 영토였던 사할린 지역 공장에 제자의 취직자리를 알선해준다는 명목으로 이와테를 출발해 아오모리, 홋카이도를 경유, 북쪽의 낯선 땅으로 향합니다. 열차와 선박을 타고 하염없이 북으로 향하는 머나먼 여행길에서 겐지는 죽은 여동생을 향한 그리움으로 가득한 시 「아오모리 만가青森挽歌」「오호츠크 만가

オホーツク挽歌」「고마가타케駒ヶ岳」「분화만噴火湾(녹턴ノクターン)」「소야 만가宗谷挽歌」「사할린 철도樺太鉄道」「스즈야 평원鈴谷平原」을 썼습니다. 시의 제목은 모두 여행길에서 스쳐 지나간 지역의 명칭입니다.

그런데 북쪽으로 향한다는 것에는 무슨 의미가 있었을까요. 차가운 바람이 불어오는 황량하고 광활한 땅, 별들이 수평선 바로 위에서 반짝이고 손만 뻗으면 밤하늘에 닿을 듯한 신비로운 북쪽 나라. 그곳으로 향하는 여정은 이승 저편으로의 여행과 같다는 생각이 들지 않았을까요. 일본 열도와 홋카이도 사이의 쓰가루해협, 홋카이도와 사할린 사이의 소야해협을 건너며 다른 차원으로 넘어가는 검은 물을 상상했을지도 모릅니다.

> 한밤중 이렇게 아무도 없는 갑판에서
> (비마저 조금씩 내리고 있고,)
> 해협을 건너고 있으니, (옻칠한 검은 어둠이 어여쁘구나.)
> 내가 바다로 떨어지거나 하늘로 내던져질 일은
> 없을까.
> 그런 일이 일어날 인과 연쇄는 없다.
> 하지만 만약 도시코가 밤을 지나다가
> 어디선가 나를 부른다면
> 나는 물론 바다로 떨어지리라.

소야해협을 건너며 쓴 「소야 만가」의 일부입니다. 겐지는 한밤중 어둠 속에서 출렁이는 물을 바라보며 죽은 도시가 자신을 부른다면 바다로 뛰어들 각오가 되어 있다고 말합니다. 그만큼 사랑한 동생이었으니까요. 도시의 죽음으로 인한 인간의 삶과 죽음에 대한 깊은 통찰과 고뇌, 그리고 북쪽으로 떠나는 긴 열차 여행. 이 경험은 겐지의 내면에서 발아하여 그로부터 3년 후인 1926년, 「은하철도의 밤」이라는 장편동화가 형태를 갖추게 됩니다.

수첩을 든 겐지 선생님

미야자와 겐지의 창작 활동에서 동화와 함께 빠질 수 없는 것이 시집 『봄과 아수라春と修羅』입니다. 이하토브 동화와 마찬가지로 1천 부를 자비로 출판했습니다. 시의 형식을 빌리기는 했지만, 정확히는 '심상 스케치'였다고 겐지는 말합니다. 마을의 숲길을 이리저리 거닐고, 인근 농장에 꽃을 심고, 학생들을 인솔하여 자연을 가르치며 떠오르는 심상들을 그때그때 언어로 스케치하는 일은 무엇에도 비할 수 없는 하루의 즐거움이었습니다. 늘 수첩과 연필을 가지고 다니며 자기 눈에 비친 달과 별과 돌과 꽃을 글로 새겨나갔습니다.

이것들은 스물두 달이라는

과거로 감지된 방향으로부터

종이와 광물질 잉크를 엮어

  (전부 나와 함께 명멸하고

  모두가 동시에 느끼는 것)

지금까지 이어온

빛과 그림자 한 토막씩을

그대로 펼쳐놓은 심상 스케치입니다

『봄과 아수라』의 「서序」 일부입니다. 자신이라는 존재는 그저 깜박이는 현상으로서 세상에 잠시 머물다 가는 것이며, 그런 눈에 비친 풍물들을 언어라는 수단으로 종이와 광물질 잉크에 엮어 세상에 남기는 일이 겐지에게는 무척이나 뜻깊은 과정이었습니다. 누가 그것을 읽어주리라는 큰 기대는 하지 않았습니다. 실제로도 『봄과 아수라』 출간 당시 시골 농업학교 선생님이 쓴 시집을 눈여겨보는 사람은 많지 않았습니다. 시집은 고작 400부 남짓 팔리고 200권 가까이 겐지의 책상 옆에 잔뜩 쌓여 있었습니다. 하지만 부끄럽지는 않았습니다. 오히려 세상을 향한 호기심과 탐구욕에 가득 차 계속해서 공부하고 싶었습니다. 스스로가 더할 나위 없이 당당했기에, 겐지는 일본에 처음으로 문고본을 도입한 이와나미쇼텐 출판사의 대표 이와나미 시게오에게 이런 편지를 보냅니다.

저는 목마른 사람처럼 공부하고 싶습니다.

탐욕스럽게 책을 읽고 싶습니다. 혹시 촌스럽고
팔리지 않는 저의 책을 당신이 내는 훌륭한 철학
심리학 관련 저술과 몇 권이라도 교환할 수 있다면
대단히 고맙겠습니다. 제 책의 정가는 2.4엔이지만 한
권에 80전만 쳐주셔도 충분합니다. 물론 당신이 내는
책은 정가로 받으셔도 상관없습니다.

아마 답장은 오지 않았을 테지요. 내 책을 헐값에 보낼 테
니 당신이 내는 훌륭한 책을 정가로 물물교환하자는 열
성적인 시골 학교 선생님을 도쿄의 출판업자는 어떻게 생
각했을까요. 봄날 황량한 들판을, 누가 뭐라고 해도 자신
이 믿는 길로 저벅저벅 걸어가는 아수라의 패기가 느껴집
니다. 당시에는 아무도 찾지 않았던 심상 스케치『봄과 아
수라』가 지금은 전무후무한 아름다운 시집으로 남았으니,
세상일이란 어떻게든 자기 길을 일구어나가는 사람에게
문을 열어주는 모양입니다.

아무튼 겐지는 세상이 알아주건 말건 상관하지 않고, 끈
질기게 자기만의 심상 스케치를 써 내려갔습니다.『봄과
아수라』를 발행한 이후에도 겐지의 연필 끝에서 샘솟는
언어의 스케치는 그칠 줄을 몰라서, 1924년 2월 20일부터
1926년 1월 17일까지 쓴 시 113편을『봄과 아수라 제2집春
と修羅 第二集』으로 묶었고, 1926년 4월부터 7월까지 쓴 시

69편을 『봄과 아수라 제3집春と修羅 第三集』으로 묶었습니다. 제2집과 제3집은 모두 겐지가 세상을 뜨고 나서 발간되었습니다. 죽기 전 유언으로 남동생 세이로쿠에게 자신의 미출간 원고들을 책으로 내어달라고 부탁했고, 유족들은 겐지가 남긴 시 노트며, 수첩, 편지, 메모 한 장까지 꼼꼼히 모으고 보존하여 오늘날 열 권에 달하는 '미야자와 겐지 전집'을 구성했습니다.

농민을 대상으로 비료 설계와 벼 작법을 강연하고 도쿄와 도호쿠 지방 곳곳을 오가며 농산물 생산과 유통에 관한 연구와 조사를 거듭하던 어느 날, 겐지는 급성폐렴으로 앓아눕습니다. 겐지의 나이 32세, 1928년의 일입니다. 이 시기부터 두 해 동안 쓴 시 30편을 『병상에서疾中』로 묶었는데, 이 시들은 모두 자기 죽음을 예견한 죽음의 스케치와도 같습니다.

큰일이에요
멈출 수가 없네요
콸콸 쏟아지니까요
어젯밤부터 잠 못 이룰 만큼 피가 나오고
다들 파랗게 질려 쥐 죽은 듯 조용하니
아마도 이제 곧 죽을 모양입니다
하지만 이 얼마나 좋은 바람인가요
벌써 청명淸明도 다가오고요

저렇게 푸른 하늘에서 뭉게뭉게 솟아나듯이
맑고 깨끗한 바람이 불어옵니다

「눈으로 말하다眼にて云ふ」라는 시의 일부입니다. 머리에는 열이 펄펄 끓고 목에서는 피가 쏟아지는데도 겐지는 언어의 스케치를 멈출 줄 몰랐습니다. 연필과 수첩은 이미 겐지라는 사람과 한 몸이 되어 있었던 걸까요. 자꾸 피를 토하니 말은 할 수 없고 의사나 주변 사람들과 눈으로 대신 말하게 된 죽음 직전의 풍경을 쓴 시입니다. 겐지의 눈에는 죽는 순간까지도 아름다운 것들만 보였나 봅니다. 푸른 하늘에서 뭉게뭉게 솟아나는 구름으로부터 병상에 누운 시인의 살결로 맑고 깨끗한 바람이 날아듭니다. 이 시를 읽으며 죽음을 앞둔 겐지에게 불어 들었을 그 바람을 상상하는데, 어쩐지 지금 제 주위를 맴도는 이 여름 바람이 너무도 소중하고 달콤하게 느껴지네요. 100년 전 시어가 우리에게 닿는 촉감은 이렇게도 신비롭습니다.

이처럼 겐지는 동화작가이자 시인이자 농업학자이면서 마지막 순간까지도 연필을 손에서 놓지 않았던 문장가였습니다. 『미야자와 겐지의 문장들』에는 순수하게 이타적인 삶을 살다 간 겐지가 남긴 푸른 언어의 숲에서 유독 제 마음을 흔들어놓았던 동화, 시, 편지, 농민예술론을 옮겨 심었습니다. 여러 책 속에 숨어 있던 문장들을 따로 불러내어 새 종이 위에 새 잉크로 앉혀놓으니, 기존의 글에 새로이 빛이 비치는 기분입니다. 우연히 서가를 걷던 당신의 눈에 여기 이 책 속 문장이 닿았을 때, 눈앞이 환하게 밝아오며 깊은 숲속의 맑은 공기를 마신 기분이 든다면, 저도, 겐지와 함께 이 책의 그늘에서 환히 웃겠습니다.

2023년 여름 인왕산 자락에서

정수윤

■ 일러두기

1. 이 책은 일본에서 출간된 '미야자와 겐지 컬렉션宮沢賢治コレクション' '미야자와 겐지 전집宮沢賢治全集'에서 엄선한 문장을 엮은 것이다.
2. 외국 인명·지명·독음 등은 외래어표기법을 따르되 관용적인 표기와 동떨어진 경우 절충하여 실용적 표기를 따랐다.
3. 각주는 모두 옮긴이 주이며 일부는 배경 설명을 위해 원서를 참고하였다.
4. 편명은「」, 책명은『』, 잡지명과 노래명은〈〉로 묶었다.

은하계 전체가

한 사람의 나라고

느낄 수 있다면 즐겁지 않겠니.

I

환상의 세계로

·

동화

1   우리는 원하는 만큼 얼음사탕을 갖지는 못해도 맑고 깨끗한 바람을 먹고 아름다운 복숭아색 아침 햇살을 마실 수는 있습니다.

저는 또 허름하게 해진 옷이 숲속이나 논밭에서 세상 가장 훌륭한 벨벳과 모직물과 보석 박힌 옷으로 변하는 것을 종종 보았습니다.

저는 그런 멋진 음식과 옷을 좋아합니다.

여기 적힌 저의 이야기는 모두 숲과 들과 철도선로에서 무지개와 달빛으로부터 받은 것입니다.

떡갈나무 숲속의 푸른 저녁을 홀로 걷거나 11월 산바람 속에 몸을 떨며 서 있다 보면 진짜로 이런 기분이 듭니다. 정말이지 분명하게 일어나고 있다고 여겨지는 이야기들을 저는 그대로 적었을 뿐입니다.

그러니 이 이야기들 속에는 당신에게 도움이 될 만한 것도 있겠고, 그저 있는 그대로의 내용이 적혀 있기도 하겠지만, 저는 그것들을 구분할 수 없습니다. 도무지 영문을 모르겠다 싶은 부분도 있겠지만, 그런 것은 저 역시 이유를 알지 못합니다.

하지만 이 작은 이야기의 조각들이 마침내는, 당신을 위한 맑고 깨끗한 식량이 되기를 제가 얼마나 바라는지 모릅니다.

『주문이 많은 요리점』 초판본 서문(1923. 12. 20.)

이하토브를 아시나요

2 이하토브의 시원한 바람, 여름에도 선선한 푸른 하늘,
아름다운 숲으로 둘러싸인 모리오시, 교외에 반짝반
짝 빛나는 풀잎의 파도,
또 그 안에 하나된 수많은 사람, 파젤로와 로자로, 양
치기 미로와 얼굴 빨간 아이들, 지주 테모, 고양이 박
사 보간트 데스토파고 등, 지금 이 돌로 지은 크고 어
두운 건물 안에서 생각해보면 모든 게 그립고 푸르며
오래된 영상처럼 여겨집니다.

「폴라노 광장」

3 놀라지 마십시오. 실은 그날 오후에 바라우미 여우 초
등학교를 참관하고 왔어요. 그런 표정 지을 필요 없
습니다. 여우한테 홀렸다는 건 틀린 말이지요. 여우한
테 홀렸다면 여우가 여우로 보이지 않고 여자로 보이
거나 꼬마로 보이거나 하겠죠. 하지만 나는 제대로 여
우를 여우로 보았단 말입니다. 여우를 여우로 본 것이
여우한테 홀린 거라면 인간을 인간으로 본 것도 인간
한테 홀린 것이겠지요.

「바라우미초등학교茨海小学校」

4 마타사부로의 어깨에는 밤나무 그림자가 푸르게 드리

위 있었습니다. 마타사부로의 그림자 역시 푸르게 풀밭에 드리워졌습니다. 바람이 점점 더 거세게 불어왔습니다. 마타사부로는 웃지도 않을뿐더러 말도 하지 않습니다. 그저 작은 입술을 꼭 다문 채 말없이 하늘을 보고 있습니다. 갑자기 마타사부로가 하늘로 훌쩍 날아올랐습니다. 유리 망토가 반짝반짝 빛났습니다. 가스케가 문득 눈을 떴을 때는 잿빛 안개가 재빠르게 스쳐가고 있었습니다.

「바람의 마타사부로風の又三郎」

5 "이것 좀 드셔보십시오. 천국의 튀김이라 불리는 것입죠. 최상품이에요."

여우가 훔친 식빵을 내밀며 말했습니다.

새끼 토끼 호모이가 한 입 먹어보니 정말로 맛이 좋았습니다.

"이렇게 맛있는 열매는 어느 나무에서 열리니?"

그러자 여우는 고개를 옆으로 돌려 씩 웃고는 대답했습니다.

"부엌이라는 나무입니다. 부엌 나무요. 맛이 좋으시면 매일 가져다드립죠."

「조개 불貝の火」

6 "아, 큰일이야. 나 물통을 놓고 왔어. 스케치북도 깜박

33

했네. 하지만 괜찮아. 조금만 더 가면 백조 정거장이니까. 나는 백조 보는 걸 무척 좋아하거든. 강 멀리 날아간다 해도 분명 보일 거야."

「은하철도의 밤」

7 사무장은 크고 검은 고양이였는데, 약간 노망이 들기는 했어도 눈동자만큼은 구리 선을 둘둘 감아놓은 듯 정말로 멋있습니다.

그 밑으로,

1번 서기는 흰 고양이였습니다,

2번 서기는 줄무늬고양이였습니다,

3번 서기는 삼색 고양이였습니다,

4번 서기는 부뚜막 고양이였습니다.

부뚜막 고양이란, 타고난 모양이 아닙니다. 무슨 고양이로 타고났는지는 몰라도, 밤에 부뚜막 안으로 들어가 잠을 자는 버릇이 있어서 항상 몸에 검댕이 잔뜩 묻어 더러웠고, 특히 코와 귀가 그을음으로 새까매서 어쩐지 너구리를 닮은 고양이를 말합니다.

그런 탓에 부뚜막 고양이는 다른 고양이들에게 미움을 받았습니다.

「고양이 사무소」

8 무지개가 떴다. 무지개의 다리에 달맞이꽃이 피고 그

주변에 흐드러진 버터꽃*. 한 방울 두 방울 여우비가 반짝이더니 작년에 난 딱딱한 갈색 우듬지에 떨어진다.

「아키타를 걸으며秋田街道」

9 "오늘 아침에 곤베의 찻집에서 말 끄는 사람이 하는 이야길 들었는데, 게무야마산에 새를 빨아들이는 버드나무가 있대. 전기 같았대."

"가자. 보러 가자. 어떻게 생긴 나무일까. 분명 오래된 나무겠지."

저는 겨울에 나무판자를 불에 달구어 머리카락에 문지르면 휴지 조각이 달라붙는 것을 생각하며 말했습니다.

"좋아, 가자. 나 우선 집에 갔다가 너한테 갈게."

"기다릴게."

우리는 약속했습니다. 그리고 그날 오후, 우리는 함께 길을 떠났습니다.

「새 잡는 버드나무鳥をとるやなぎ」

10 이치로는 조금씩 다가가다가 깜짝 놀라 걸음을 멈추고 말았습니다. 남자는 외눈박이였는데, 하얀 애꾸눈이 삐걱삐걱 움직이고, 어디서도 보지 못한 괴상한 윗

---

* buttercup. 미나리아재비.

도리를 입었으며, 무엇보다 다리가 휙 구부러져 산양 같았고 특히 발끝은 밥 푸는 주걱 모양을 하고 있었습니다. 이치로는 께름칙했지만 되도록 차분하게 물었습니다.

"혹시 들고양이 못 보셨나요?"

그러자 남자가 곁눈으로 이치로를 보더니, 입술을 오므리고 생긋 웃으며 말했습니다.

"들고양이님께서는 곧 이리로 오실 겁니다. 당신은 이치로 씨죠?"

깜짝 놀란 이치로가 한 걸음 뒤로 물러나며 말했습니다.

"네, 제가 이치로예요. 어떻게 제 이름을 아시나요?"

기이한 남자가 싱글벙글 웃었습니다.

"그렇담, 엽서 봤겠네요."

"봤습니다. 그래서 왔어요."

"글 되게 못 썼지요?"

남자가 고개를 폭 숙이며 서글픈 목소리로 말했습니다. 이치로는 그런 남자에게 마음이 쓰였습니다.

"글쎄요, 상당히 멋진 글이던데요."

그 말에 남자가 기뻐하며 하아하아 숨을 고르더니, 귀 끝까지 빨개져서는 물었습니다.

"글씨도 상당히 잘 썼나요?"

이치로는 엉겁결에 웃음을 터뜨리며 대답했습니다.

"잘 썼어요. 5학년도 그렇게는 못 쓸 거예요."

그러자 남자가 갑자기 얼굴을 찡그리며 물었습니다.

"5학년이라는 건, 초등학교 5학년을 말하는 건가요?"

그 목소리가 너무도 힘이 없고 가엾게 들려서 이치로는 재빨리 말했습니다.

"아니요, 대학교 5학년입니다."

그러자 남자는 또다시 기뻐서 마치 얼굴 전체가 입이 된 것처럼 히쭉히쭉, 히쭉히쭉 웃으며 소리쳤습니다.

"그 엽서, 제가 썼거든요."

이치로는 웃음을 꾹 참고 물었습니다.

"도대체 당신은 누구십니까?"

남자가 돌연 진지한 표정으로 말했습니다.

"저는 들고양이님의 전속 마부입니다."

「도토리와 들고양이」

11 "이곳은 정말로 평평하군요."

료안이 아름다운 황금색 풀밭이 펼쳐진 고원을 돌아보며 말했습니다.

"그래요, 평평하지요. 하지만 험준함에 비해 평평하다는 것이지 진정한 평평함은 아닙니다."

그 사람이 웃으며 말했습니다.

"맞습니다. 제가 험준한 골짜기를 넘어왔기 때문에 평평한 것이지요."

"저기 좀 보세요. 이 험준한 골짜기 가득히 목련꽃이

피었습니다."

「매그놀리아 マグノリアの木」

12 부도리에게는 네리라는 여동생이 있었습니다. 둘은 매일 숲속에서 놀았습니다. 쓱싹쓱싹 아버지가 나무 베는 소리가 멀리서 겨우 들려오는 곳까지도 가곤 했습니다. 부도리와 네리는 산딸기를 따서 샘물에 담그기도 하고, 둘이 번갈아가며 하늘에 대고 산비둘기 우는 흉내를 내기도 했습니다. 그러면 이쪽저쪽에서 꾸우꾸우 하고 졸린 듯 우는 새소리가 들려왔습니다.

「구스코 부도리의 전기」

13 '주문이 많겠지만 부디 하나하나 잘 참아주십시오.'
"이게 도대체 무슨 소리야?"
신사 하나가 얼굴을 찡그렸습니다.
"주문이 너무 많아서 준비하는 데 시간이 걸리니까 죄송하다는 뜻이겠지."
"그렇겠군. 어서 안으로 들어가고 싶은데."
"들어가서 식탁에 앉고 싶군."
하지만 귀찮게도 문 하나가 더 있었습니다. 그 옆에 거울이 걸려 있고, 그 아래 긴 손잡이가 달린 빗이 놓여 있었습니다.
문에는 붉은 글씨로 이렇게 쓰여 있었습니다.

'손님 여러분, 여기서 머리를 단정히 빗고, 신발에 묻은 흙을 털어주십시오.'

"이거야 원, 한 방 먹었군. 아까 현관에서는 산속 식당이라고 얕잡아봤어."

"진짜 깐깐해. 분명 엄청나게 대단한 사람들이 종종 오나 봐."

두 사람은 깨끗이 머리를 빗고, 구두의 흙을 털었습니다. 그러자 이게 무슨 일인가요. 빗을 선반 위에 올려놓자마자 희뿌연 연기가 피어오르며 사라지더니 바람이 획 불어왔습니다.

두 사람은 깜짝 놀라 서로 바짝 붙어 섰습니다. 문이 덜컹하고 열려, 다음 공간으로 들어갔습니다. 얼른 따뜻한 것이라도 먹고 기운을 차리지 않으면, 끔찍한 일을 당하게 될지도 모르겠다고 생각했습니다.

문 안쪽에 또 이상한 글씨가 쓰여 있었습니다.

'총과 탄환은 여기 두십시오.'

「주문이 많은 요리점」

14 "부도리, 나도 이하토브에서 이름난 농부였고 돈도 꽤 벌었지만, 냉해와 가뭄이 매해 이어지다 보니 논도 3분의 1밖에 안 남았고 내년에는 비료 살 돈도 없구나. 나만 그런 게 아니야. 내년에 비료를 사서 뿌릴 수 있는 사람은 이제 이하토브에 몇 명 안 돼. 이렇게 가

다가는 네 품삯도 주기 어려울 거야. 아직 젊은데 네가 우리 집에서 너무 고생만 하는 것도 가여우니, 미안하지만 이걸 가지고 어디든 가서 네 운을 개척해보아라."

「구스코 부도리의 전기」

15 "부도리 군, 산무토리는 오늘 아침까지 아무 움직임 없었지?"

"네, 지금까지 산무토리가 움직이는 건 본 적이 없습니다."

"이런, 곧 분화가 시작될 걸세. 오늘 아침 지진이 자극한 거야. 이 산 북쪽 10킬로미터 지점에 산무토리시가 있어. 이번에 폭발하면 아마 산의 3분의 1이 북쪽으로 날아가 소 한 마리 책상 하나 크기의 바위가 뜨거운 재나 가스와 함께 산무토리시로 사정없이 쿵쿵 떨어질 걸세. 어떻게든 지금 당장 바다 쪽으로 구멍을 내서 가스를 빼거나 용암을 흘려보내지 않으면 안 되겠네. 바로 같이 가보세."

「구스코 부도리의 전기」

16 그해 6월, 부도리는 이하토브 한가운데 있는 이하토브 화산 정상 오두막에 있었습니다. 아래는 온통 회색을 띤 구름의 바다였습니다. 이하토브 곳곳에 화산의 등

줄기들이 마치 섬처럼 검게 솟아 있었습니다. 그 구름 바로 위를 비행선 한 척이 선미에 새하얀 연기를 내뿜으며 한 봉우리에서 다른 봉우리로 마치 다리를 놓듯 날아다니고 있었습니다. 연기는 시간이 지날수록 점점 굵고 뚜렷해져 아래쪽 구름의 바다로 흘러 내려갔고, 얼마 지나지 않아 구름의 바다에 온통 희뿌옇게 빛나는 큰 그물이 산에서 산으로 펼쳐졌습니다. 어느새 비행선은 연기를 멈추고 잠시 인사하듯 고리를 그리다, 이윽고 뱃머리를 늘어뜨리고 조용히 구름 속으로 가라앉았습니다.

「구스코 부도리의 전기」

17 맑은 공기가 마치 물처럼 거리와 가게 사이로 흘렀습니다. 가로등은 모두 푸르른 전나무와 졸참나무 가지로 감싸였고, 전기회사 앞 플라타너스 여섯 그루에는 셀 수 없이 많은 알전구가 달려 있어서, 정말로 인어들이 사는 도시처럼 보였습니다. 아이들은 다들 깨끗이 다린 새 옷을 입고 별자리의 노래를 휘파람 불면서 "켄타우로스, 이슬을 뿌려줘!" 하고 외치며 달리거나 푸른 마그네슘 불꽃을 피우며 즐거운 듯 놀고 있었습니다.

「은하철도의 밤」

18 바르고 순수하게 정진하는 사람은 시간의 뒤편에 하나의 거대한 예술을 만듭니다. 저기를 보세요. 푸른 하늘 저편에 기러기 한 마리가 날아가지요. 새들은 모두 자기 뒤에 궤적을 남깁니다. 사람들은 그것을 보지 않지만 저는 본답니다. 이와 마찬가지로 우리는 모두 우리 뒤에 하나의 세상을 만들고 있습니다. 그것이 모든 이의 가장 숭고한 예술이에요.

「말리브랑과 소녀マリヴロンと少女」

19 열차 창문에 낀 얼음 너머로 어렴풋이 푸른 하늘이 보였습니다.

"어머나, 아름다워. 얼음이 마치 깃털 장식 같네."

"그래, 예쁘군."

옆자리에 앉아 있던 선로 공사 인부가 한동안 자기 앞의 얼음을 보았습니다. 그런 뒤 손톱으로 얼음을 깔짝깔짝 긁어냈습니다. 그러고는 숨을 불었습니다. 깨끗해진 얼음 구멍 사이로 거뭇한 솔숲과 장밋빛 눈이 보였습니다.

"자, 다시 앉자."

아빠가 아이를 창가에 앉히며 빨강과 초록이 뒤섞인 아름다운 사과 한 알을 아이 손에 쥐여주었습니다.

"어머, 이 아이 머리 뒤로 얼음이 후광처럼 보여."

젊은 엄마가 가만히 말했습니다. 젊은 아빠는 그쪽을

보더니 살짝 울 듯이 웃었습니다.

"이 아이가 커서 올곧게 나아가 세상 모든 생물을 위해 무상보리無上菩提*를 추구한다면, 그때야말로 그 후광이 이 아이에게서 비칠 거야. 우리한테는 조금 슬프게 여겨지지만, 그렇더라도 그리되기를 빌어야겠지."

젊은 엄마는 묵묵히 아래를 보았습니다.

아이는 사과를 던지며 옹알이했습니다. 완연히 낮이 되었습니다.

「얼음과 후광氷と後光」(습작)

은하수가 흐르는 밤

20 그때 어디선가 "은하 스테이션, 은하 스테이션" 하는 신비한 음성이 들리나 싶더니 돌연 눈앞이 환하게 밝아왔습니다.

「은하철도의 밤」

21 지금, 하늘은, 향긋한 사과 향으로 가득합니다. 서쪽 하늘에 남아 있는 은빛 달님이 토해놓은 것입니다.

「쌍둥이별」

* 더할 나위 없이 훌륭한 부처의 깨달음.

22 "해님, 해님. 부디 저를 당신이 계신 곳으로 데려가주세요. 불타 죽는대도 상관없어요. 저처럼 못생긴 몸이라도 탈 때는 작은 불빛을 뿜겠지요. 부디 저를 데려가주세요."

쏙독새가 아무리 날아보아도 해님에게 다가갈 수는 없었습니다. 오히려 점점 더 작게 멀어지는 해님이 말했습니다.

"너는 쏙독새로구나. 그래, 얼마나 힘들겠니. 오늘 밤, 하늘을 날아가서 별님에게 부탁해보렴. 너는 낮에 우는 새가 아니잖니."

쏙독새가 고개 숙여 인사를 하려는데 갑자기 머리가 핑 돌아 풀밭 위에 떨어지고 말았습니다. 그러더니 몸이 빨간 별과 노란 별 사이로 붕 뜨는 듯도 하고, 바람에 날리는 듯도 하고, 매에게 붙잡히는 듯도 하였습니다. 마치 꿈을 꾸는 것만 같았습니다.

차가운 것이 얼굴에 떨어졌습니다. 쏙독새는 눈을 떴습니다. 어린 참억새에서 이슬이 떨어지고 있었습니다. 어느새 완연한 밤이 되어 검푸른 하늘 가득 별이 깜박였습니다. 쏙독새는 하늘로 날아올랐습니다. 오늘 밤도 산에는 새빨간 불이 켜졌습니다. 쏙독새는 어렴풋한 그 불빛과 차가운 별빛 사이를 날아다녔습니다. 그러고는 작심하고 서쪽 하늘 아름다운 오리온자리를 향해 똑바로 날아가 소리쳤습니다.

"별님, 서쪽의 창백한 별님. 부디 저를 당신이 계신 곳
으로 데려가주세요. 불타 죽는대도 상관없어요."
오리온자리는 용맹스러운 노래를 부르며 쏙독새에게
눈길조차 주지 않았습니다. 쏙독새는 울고 싶은 마음
으로 비틀비틀 떨어지다 겨우 정신을 차리고 다시 한
번 날아올랐습니다. 이번에는 남쪽 하늘 큰개자리를
향해 똑바로 날아가 소리쳤습니다.

"별님, 남쪽의 푸른 별님. 부디 저를 당신이 계신 곳으
로 데려가주세요. 불타 죽는대도 상관없어요."
큰개자리는 파랑과 보라와 노랑을 아름답게 반짝거리
며 말했습니다.

"바보 같은 소리. 넌 도대체 뭐냐. 겨우 새가 아니냐.
네 날개로 여기까지 오려면 1억 년 1조 년 1억조 년은
걸려."
그러면서 다른 곳으로 가버렸습니다. 쏙독새는 낙담
하여 힘없이 떨어지다 두 번째로 날아올랐습니다. 그
러고는 작심하고 북쪽 큰곰자리를 향해 똑바로 날아
가 소리쳤습니다.

"북쪽의 푸른 별님. 당신이 계신 곳으로 부디 저를 데
려가주세요."
큰곰자리는 조용히 말했습니다.

"쓸데없는 생각을 해선 안 돼. 조금 머리를 식히고 오
너라. 그럴 때는 빙산이 떠 있는 바닷속으로 뛰어들거

나 근처에 바다가 없다면 얼음물이 담긴 컵 속으로 뛰어드는 게 제일이야."

쏙독새는 낙담하여 힘없이 떨어지다 다시 근처 하늘을 빙빙 돌았습니다. 그러고는 다시 한번, 동쪽에서 지금 막 떠오른 은하수 저편에 뜬 독수리의 별을 향해 소리쳤습니다.

"동쪽의 하얀 별님, 부디 저를 당신이 계신 곳으로 데려가주세요. 불타 죽는대도 상관없어요."

독수리는 거만하게 말했습니다.

"말도 안 되는 소리. 별이 되려면 그에 어울리는 신분을 가져야만 해. 돈도 꽤 있어야 하고."

쏙독새는 이제 완전히 힘이 빠져 날개를 접고 땅으로 떨어져 내렸습니다. 그러다가 지면에 연약한 다리가 닿기 30센티미터 전에 쏙독새가 갑자기 횃불처럼 하늘로 솟아올랐습니다. 하늘 중간쯤에서 쏙독새는 마치 독수리가 곰을 덮칠 때처럼 몸을 문질러 털을 곤두서게 했습니다.

그런 뒤 키시키시키시키시키싯 하고 높이높이 소리질렀습니다. 그 목소리는 마치 매와도 같았습니다. 숲과 들판에 잠들어 있던 새들이 모두 잠에서 깨 부들부들 몸을 떨며 수상하다는 듯 별하늘을 올려다보았습니다.

쏙독새는 하염없이 하늘로 올라갔습니다. 산에 켜진

불이 담뱃불처럼 작아 보였습니다. 쏙독새는 오르고 또 올랐습니다.

추위로 인해 숨이 가슴 안쪽에서 희게 얼어붙었습니다. 공기가 희박해서 날개를 계속 격렬히 움직여야 했습니다.

그런데도 별의 크기는 아까와 조금도 다르지 않았습니다. 쏙독새는 숨을 헉헉 몰아쉬었습니다. 추위와 성에가 마치 칼처럼 쏙독새를 찔러댔습니다. 날개가 굳어 날갯짓도 할 수 없었습니다. 눈물이 고인 눈을 들어 한 번 더 하늘을 보았습니다. 그렇습니다. 이것이 쏙독새의 마지막이었습니다. 이제 쏙독새는 떨어지는지 올라가는지 뒤집어졌는지 위로 향하는지도 알 수 없었습니다. 그저 편안한 마음으로, 피가 맺힌 큰 부리를 옆으로 돌리고 있었는데, 분명 살짝 웃고 있었습니다.

잠시 후 쏙독새는 눈을 떴습니다. 그리고 자기 몸이 인*이 타는 불빛처럼 푸르고 아름다운 색채로 조용히 타오르고 있는 것을 보았습니다.

바로 옆은 카시오페이아자리였습니다. 은하수의 창백한 빛이 바로 뒤에서 반짝였습니다.

쏙독새의 별은 끊임없이 타올랐습니다. 언제까지나,

---

* 원소기호 P에 해당하는 비금속원소로 창백하고 푸르스름한 빛을 발하며 타오른다.

언제까지나 타올랐습니다.

지금도 여전히 타오르고 있습니다.

「쏙독새의 별」

23 밤이 되었습니다.

그리고 한밤중이 되었습니다.

구름이 완전히 걷히고, 새로 주조한 강철 같은 하늘에
차디찬 빛이 흘러넘치더니, 작은 별 몇 개가 연합하여
폭발을 일으켰습니다. 물레방아의 굴대가 삐걱삐걱
돌았습니다.

이윽고 얇은 강철 하늘에 금이 쫙 가면서 두 쪽으로 쪼
개지고, 그 틈으로 수상하고 긴 다리가 무수히 많이 늘
어져서는 까마귀를 붙잡아 하늘 위로 데려가려 했습니
다. 까마귀 함대는 총공격에 돌입했습니다. 다들 서둘러
새까만 바지를 입고 열심히 하늘로 날아올랐습니다. 형
까마귀는 동생을 돌볼 여유도 없었고, 애인 사이인 까마
귀들도 서로 부딪히며 정신이 없었습니다.

아니, 아니었습니다.

적이 아니었어요.

달이었습니다. 살짝 찌부러진 푸른 반달이 동쪽 산 위
로 울면서 떠올랐던 것입니다. 그제야 까마귀 군대는
안심하였습니다.

「까마귀의 북두칠성烏の北斗七星」

24 어느 밤, 교이치는 샌들을 신고 철도선로 옆 평평한 길을 터벅터벅 걷고 있었습니다.

벌금을 내야 할지도 모릅니다. 만약 지나가는 열차에서 창밖으로 긴 막대라도 나와 있다면 단번에 죽임을 당할 겁니다.

하지만 그날 밤은 선로를 감시하는 인부도 오지 않고, 창밖으로 막대가 나온 열차도 오지 않았습니다. 그 대신 아주 기묘한 일을 보았습니다.

하늘에는 반달이 걸려 있었습니다. 주변은 온통 비늘구름입니다. 그 구름 틈으로 가끔 차가운 별이 반짝반짝 얼굴을 내밀었습니다.

교이치는 터벅터벅 걷다가 벌써 다음 역 불빛이 아름답게 보이는 데까지 왔습니다. 눈을 가늘게 뜨고 동그마니 켜진 새빨간 불빛이나 황이 타는 불길처럼 어스름한 보라색 불빛을 보고 있자니, 마치 큰 성에 당도한 듯한 기분이 들었습니다.

갑자기 오른편 시그널 전봇대가 덜커덩하고 몸을 떨며 위에 달린 흰 가로목을 비스듬히 아래로 늘어뜨렸습니다. 이것은 그리 이상한 일이 아닙니다.

그저 시그널이 내려갔을 뿐이지요. 하룻밤에 열네 번이나 일어나는 일입니다.

하지만 엄청난 건 그다음입니다.

아까부터 선로 왼편에서 쿵쿵하고 소리를 내던 전봇

대 대열이 무척이나 거만한 자세로 일시에 북쪽을 향해 걸어나갔습니다. 모두 '6'이라고 쓰인 견장을 차고, 꼭대기에 철사로 만든 창을 단 함석 모자를 쓴 채, 한 발로 훌쩍훌쩍 걸었습니다. 그러면서 교이치를 무시하듯 곁눈질로 흘끗 보고는 지나갔습니다.

「달밤의 전봇대月夜のでんしんばしら」

25 "그러니까 여기 이 은하수를 진짜 강이라고 한다면, 이 작은 별들 하나하나가 강가에 수없이 흩어진 모래나 자갈 알갱이라고 할 수 있겠지요. 또 이것을 거대한 젖줄이라고 한다면, 은하수와 더욱 비슷할 겁니다. 말하자면 이 별들은 젖 속에 떠다니는 작은 지방 알갱이가 되겠지요. 그렇다면 강의 물에 해당하는 것은 무엇일까요. 바로 일정한 속도로 빛을 전달하는 진공입니다. 태양과 지구도 그 진공 속에 떠 있습니다. 말하자면 우리도 은하수라는 물속에 살고 있는 것이지요. 강물이 깊을수록 푸른빛을 띠듯, 은하수도 바닥이 깊을수록 별이 많이 모여 있는 것처럼 보여서 유난히 희고 부옇게 보인답니다."

「은하철도의 밤」

26 어느 초여름 밤이었습니다. 부드러운 새잎이 가득 자란 자작나무 주위로 향긋한 냄새가 가득했고, 하늘에

는 벌써 은하수가 희붐하게 펼쳐져 별들이 몸을 떨며 반짝이다 사라지고 있었습니다.

여우가 시집을 들고 자작나무 아래로 놀러 왔습니다. 새로 맞춘 남색 양복 차림에 빨간 가죽 구두에서는 걸을 때마다 뽀득뽀득 소리가 났습니다.

"정말이지 고요한 밤이로군요."

"네."

자작나무가 가만히 대답했습니다.

"전갈자리가 저기 흘러가네요. 저기 저 크고 붉은 것을 옛날 중국 사람들은 불이라고 했답니다."

"화성火星하고는 다른 건가요."

"화성하고는 다르죠. 화성은 행성이에요. 하지만 저건 훌륭한 항성입니다."

"행성하고 항성은 어떻게 다른가요."

"행성은 말이죠, 스스로 빛을 발하지 않습니다. 말하자면 다른 곳에서 빛을 받아 빛나는 것처럼 보이는 것이죠. 항성은 스스로 빛을 발합니다. 해님도 물론 항성이죠. 저렇게 크고 눈부시게 빛나도 만약 엄청나게 멀리서 본다면 작은 별로 보이겠지요."

"어머, 해님도 별의 한 종류였군요. 그러고 보니 하늘에는 참으로 많은 해님이, 아니, 별님이, 어머 아무래도 이상하네, 해님이 있는 거로군요."

여우는 의젓하게 웃었습니다.

"뭐, 그렇겠지요."

"별님에는 어째서 저렇게 빨강 노랑 녹색 같은 다양한 빛이 있을까요."

여우는 다시 느긋하게 웃으며 팔짱을 높이 꼈습니다. 시집이 위태롭게 흔들렸지만 떨어지지는 않았습니다.

"별에 주황이나 파랑 같은 다양한 색이 있는 이유 말입니까. 그건 이렇습니다. 별은 맨 처음 뿌연 구름 같은 존재였습니다. 지금 하늘에도 많이 있습니다. 예를 들어 안드로메다나 오리온이나 사냥개자리에도 모두 있습니다. 사냥개자리에 있는 것은 소용돌이 모양입니다. 또 환상성운이라는 것도 있지요. 물고기의 입 모양을 하고 있어서 피시 마우스 네뷸러라고도 합니다. 그런 것이 지금 하늘에 가득 차 있어요."

"어머, 저도 언젠가 보고 싶어요. 물고기 입 모양을 한 별이라니 얼마나 멋질까요."

"아주 멋있지요. 저는 미즈사와 천문대에서 보았습니다."

"어머, 저도 보고 싶어요."

"보여드리지요. 실은 제가 독일 자이스 망원경을 주문해두었거든요. 내년 봄에는 올 테니 도착하면 당장 보여줄게요."

여우는 자기도 모르게 이런 말을 내뱉었습니다. 그리고 곧바로 생각했어요. 아아, 나는 단 하나의 친구에게 거짓말을 하고 말았어. 아아, 나는 정말로 몹쓸 놈이

야. 하지만 결코 나쁜 뜻에서 한 말이 아니야. 기쁘게
해주고 싶었거든. 나중에 제대로 진실을 말해주자. 여
우는 한동안 말없이 이렇게 생각했습니다. 자작나무
는 그런 것도 모르고 기뻐서 말했습니다.

"어머, 기뻐요. 당신은 정말로 친절하군요."

살짝 풀이 죽은 여우가 대답했습니다.

"그리고 저는 당신을 위해서라면 다른 어떤 일이라도
하겠어요. 이 시집, 읽어보시겠어요? 하이네라는 사람
이 쓴 것이랍니다. 번역서지만 꽤 잘되어 있어요."

"어머, 빌려주실 수 있을까요."

"물론이죠. 부디 천천히 읽어주세요. 저는 이만 실례하
겠습니다. 그런데 뭔가 못다 한 말이 있는 것 같네요."

"별님의 색깔 말이에요."

"아, 그렇지. 그건 다음에 알려드릴게요. 제가 너무 오
래 방해한 것 같군요."

"어머, 괜찮아요."

"또 오겠습니다. 그럼 안녕히. 책은 선물이에요. 그럼
안녕히."

여우는 서둘러 돌아갔습니다. 자작나무는 그때 불어
온 남쪽 바람에 이파리를 살랑살랑 흔들며 여우가 두
고 간 시집을 들어 은하수와 하늘 가득 반짝이는 희미
한 별빛에 비추어 책장을 넘겼습니다. 하이네의 시집
에는 「로렐라이」며 여러 아름다운 노래가 가득 들어

있었습니다. 자작나무는 밤새도록 시집을 읽었습니다. 다만 새벽 3시 넘어 멀리 동쪽 들판에 황소자리가 넘어올 무렵 조금 졸았을 뿐입니다.

「토신과 여우土神ときつね」

27 그리고 어느새 하늘의 샘에 도착했습니다.

이 샘은 맑은 날 밤 올려다보면 선명히 보입니다. 은하수의 서쪽 물가에서 꽤 떨어진 곳에 작고 푸른 별로 둥글게 에워싸여 있습니다. 바닥에는 작고 푸른 돌멩이가 평평하게 쌓여 있고 돌 사이로 깨끗한 물이 콸콸 솟아나 샘의 한쪽 테두리에서 은하수 쪽으로 작은 물줄기를 이루며 흘러갑니다. 우리가 사는 세상에 가뭄이 들었을 때, 배짝 마른 쏙독새나 두견새가 말없이 그 모습을 올려다보며, 안타까운 듯이 입맛을 다시는 모습을 종종 볼 때가 있지 않습니까. 어떤 새도 그곳까지는 가지 못합니다. 하지만 천상의 까마귀자리 별이나 전갈자리 별이나 토끼자리 별은 물론 갈 수 있습니다.

「쌍둥이별」

28 "저는 이제 너무 힘들어서 죽을 것만 같아요. 전갈님, 조금만 더 힘을 내어 어서 집으로 돌아가세요."

포세 동자가 그렇게 말하며 픽 고꾸라졌습니다. 전갈

은 울며 말했습니다.

"부디 저를 용서하세요. 저는 바보입니다. 당신들의 머리카락 한 올에도 못 미칩니다. 앞으로는 사죄하는 마음으로 착하게 살겠습니다. 꼭 그러겠습니다."

그때 번쩍이는 하늘색 외투를 입은 번개가 저편에서 휙 날아왔습니다. 번개는 동자들의 손을 잡고 말했습니다.

"임금님의 명령으로 두 사람을 데리러 왔습니다. 자, 함께 내 망토를 꽉 잡으세요. 두 사람의 궁궐에 금세 도착합니다. 임금님은 아까부터 무척 기뻐하고 계십니다. 그리고 전갈, 너는 지금까지 못된 짓을 많이 했지. 하지만 임금님이 너를 위한 약을 내리셨다. 받아라."

동자들이 소리 질렀습니다.

"전갈님, 그럼, 안녕. 어서 약을 드세요. 그리고 아까 한 약속은 꼭 지키세요. 꼭이요. 안녕."

두 사람은 함께 번개의 망토를 잡았습니다. 전갈이 수많은 손을 뻗어 엎드려 절한 뒤 약을 먹고는 정성스레 인사를 했습니다.

번개가 번쩍번쩍 빛난다 싶더니 어느새 샘터에 서 있었습니다. 그리고 말했습니다.

"자, 몸을 깨끗이 씻으십시오. 임금님께서 새 옷과 새 구두를 내려주셨습니다. 아직 15분 여유가 있습니다."

쌍둥이별은 기뻐하며 차가운 수정 같은 물에 몸을 씻

고, 향긋한 냄새에 감싸여 푸르게 반짝이는 옷을 입고
하얗게 빛나는 새 신을 신었습니다. 그러자 몸의 통증
과 피로도 씻은 듯이 나았습니다.

"이제 갑시다."

번개가 말했습니다. 그리고 두 사람이 다시 그 망토를
붙들자 자주색 빛이 번쩍하더니 동자들은 이미 궁궐
앞이었습니다. 번개는 보이지 않았습니다.

"춘세 동자, 어서 준비를 하자."

"포세 동자, 어서 준비를 하자."

두 사람은 궁궐로 올라가 서로 마주 보고 앉은 뒤에
은 피리를 들어 올렸습니다.

마침 여기저기서 별자리의 노래가 울려 퍼졌습니다.

"붉은 눈 반짝이는　　　전갈
활짝 편 독수리의　　　날개
파란 눈 반짝이는　　　작은개
미끈히 빛나는 뱀　　　똬리

오리온은 높이 떠　　　노래해
이슬과 서리같이　　　내리네
안드로메다자리　　　성운은
물고기 입 모양을　　　닮았네

큰곰의 다리를　　　북으로

다섯 배 늘려놓은   곳에는
작은곰의 이마 위   북극성
밤하늘 별자리의   표준"
쌍둥이별은 피리를 불기 시작했습니다.

「쌍둥이별」

29 '정말로 이런 전갈이나 용사가 하늘을 가득 메우고 있을까? 그렇담 나도 하염없이 그곳을 걸어보고 싶어.'

「은하철도의 밤」

30 "와, 저기 저 강가의 모래밭은 달빛을 받아 반짝이는 걸까?"
캄파넬라가 가리킨 곳을 보니, 파르스름하게 빛나는 은하 기슭에 은빛 하늘색 억새가 가득히 자라 바람에 한들한들, 한들한들, 흔들리며 파도치고 있었습니다.
"달빛이 아니야. 은하라서 반짝이는 거야."

「은하철도의 밤」

31 "너 같은 외지인한테 바보 취급당하고 가만히 있을 것 같으냐. 어서 돈을 내라, 돈을. 없다고? 이 자식, 돈도 없으면서 먹긴 왜 먹어. 어?"
남자는 더듬거리며 겨우 말을 꺼냈습니다.
"자, 자, 자, 장작 100단을 가져다드리리다."

매점 주인은 가는귀가 어두운지 제대로 못 듣고 오히려 큰 소리로 말했습니다.

"뭐가 어째? 겨우 두 개로 야박하게 군다고? 당연하지. 경단 두 꼬챙이만 달라고 하면 못 줄 것도 없지만 나는 네 놈의 그 뻔뻔한 면상이 맘에 안 들어. 어이, 뭐가 그리 당당해, 어?"

남자는 땀을 닦으며 다시 겨우 말했습니다.

"나중에 장작 100단을 가지고 올 테니 용서하시오."

그러자 주인이 화를 버럭 냈습니다.

"이 자식, 거짓말하지 마라. 경단 두 꼬챙이를 장작 100단하고 바꾸는 놈이 세상천지에 어디 있냐. 도대체 어디서 굴러온 놈이야."

"그, 그, 그, 그, 그것만은 절대로 말 못 해. 용서하시오."

남자는 황금색 눈을 깜박거리며 말했습니다. 땀을 닦는데 눈물도 같이 닦는 듯했습니다.

"두들겨 패라, 두들겨 패."

누군가가 소리 질렀습니다.

료지는 어떻게 된 일인지 알 것 같았습니다.

'아, 저 사람은 너무 배가 고파서 아까 관람료로 10전 냈다는 걸 잊어버리고 경단을 먹었구나. 울고 있어. 나쁜 사람은 아니야. 오히려 정직한 사람이지. 그래, 내가 도와주자.'

료지는 지갑에서 마지막 남은 동전 한 닢을 가만히 꺼

내 꼭 쥔 뒤, 모른 척 사람들을 헤치고 나가 그 남자 옆까지 갔습니다. 남자는 고개를 푹 숙이고 손을 무릎까지 늘어뜨린 채 입 속으로 열심히 무슨 말을 중얼중얼하고 있었습니다.

료지는 몸을 웅크리고 조리*를 신은 그 남자의 커다란 발 위에 말없이 동전을 올려놓았습니다. 남자는 깜짝 놀란 표정으로 가만히 료지를 내려다보더니 재빨리 몸을 굽혀 동전을 주워서는 매점 주인 앞 선반에 탁 놓고 크게 소리쳤습니다.

"자, 돈을 내겠소. 이걸로 용서하시오. 그리고 장작 100단을 나중에 갚겠소. 밤 80되를 나중에 갚겠소."

그러더니 매점 주인과 구경꾼들을 밀어젖히고 바람처럼 밖으로 빠져나갔습니다.

"산도깨비다, 산도깨비야."

사람들이 소리치며 우르르 뒤를 쫓았지만 어디로 갔는지 이미 그림자도 보이지 않았습니다.

바람이 휘휘 불고 새까만 노송나무가 흔들리더니 매점에 걸어둔 발이 휘날리고 여기저기 불이 꺼졌습니다.

그때 축제의 피리 소리가 울려 퍼졌습니다. 하지만 료지는 피리 소리가 나는 쪽으로 가지 않고 홀로 밭 한가운데 하얀 길을 달려 서둘러 집으로 돌아왔습니다.

---

* 고정된 끈에 발가락을 끼워 신는 일본식 샌들.

얼른 할아버지에게 산도깨비 이야기를 해드리고 싶었기 때문입니다. 어렴풋한 스바루* 별이 아주 높이 떠 있었습니다.

마구간 앞을 지나 집 안으로 들어가니 할아버지가 혼자 화롯불을 지피며 콩을 삶고 있었습니다. 료지는 서둘러 할아버지 맞은편에 앉아 아까 있었던 이야기를 빠짐없이 다 했습니다. 할아버지는 말없이 료지를 쳐다보며 이야기를 듣다가 크게 웃음을 터뜨렸습니다.

"오호, 그 녀석은 산도깨비로구나. 산도깨비는 아주 솔직하지. 나도 산에서 짙은 안개가 끼었을 때 녀석을 만난 적이 몇 번 있어. 하지만 산도깨비가 축제를 보러 왔다는 건 이번이 처음이야, 하하하. 아니지, 지금까지 왔지만 들키지 않았던 것인가."

"할아버지, 산도깨비는 산에서 무얼 해?"

"흠, 나뭇가지로 여우 잡을 덫을 만들곤 한다지. 이만큼 큰 나무의 줄기 하나를 팽팽히 휘게 만들고 다른 나뭇가지 하나에 생선 같은 걸 매달아 여우나 곰이 먹으러 오면 줄기로 픽 쳐서 죽이는 장치 같은 걸 만들어둔다는구나."

그때 문 앞에서 우당탕우당탕 큰 소리가 나더니 지진 난 듯이 집이 흔들렸습니다. 료지는 자기도 모르게 할

---

*　플레이아데스성단을 가리키는 일본어.

아버지 몸에 매달렸습니다. 할아버지도 낯빛이 조금 변해서는 서둘러 램프를 들고 밖으로 나갔습니다. 료지도 따라갔습니다. 램프는 바람 탓에 금세 꺼졌습니다.

그 대신 동쪽의 검은 산 위로 커다란 보름달이 조용히 떠 있었습니다.

가보니 집 앞 마당에 두툼한 장작이 산더미처럼 쌓여 있었습니다. 굵은 기둥에 가지까지 달린, 우두둑우두둑 부러뜨린 굵은 장작이었습니다. 할아버지는 한동안 멍하니 지켜보다가 갑자기 손뼉을 치며 웃었습니다.

"하하하, 산도깨비가 너한테 장작을 가져왔구나. 나는 아까 그 경단집에 가져다주나 했는데. 산도깨비가 이렇게 똑똑할 줄이야."

료지는 장작을 제대로 보려고 그쪽으로 한 걸음 내딛다가 무언가에 발이 미끄러져 넘어졌습니다. 자세히 보니 그 근처가 반짝반짝한 밤으로 가득했습니다. 료지가 일어서서 소리쳤습니다.

"할아버지, 산도깨비가 밤도 가져왔어요."

할아버지도 깜짝 놀라 말했습니다.

"밤까지 가져왔구나. 이렇게 많이 받을 수는 없다. 다음번에 산으로 무얼 좀 가져다주고 오자꾸나. 옷이 제일 좋겠지."

료지는 어쩐지 산도깨비가 가여워서 눈물이 날 것만

같은 묘한 기분에 사로잡혔습니다.

"할아버지, 산도깨비가 너무 정직해서 가여워. 나 아주 좋은 것을 주고 싶어."

"음, 다음에 침구를 하나 주고 오자꾸나. 경단도 가져 가자."

"옷이나 경단 말고 훨씬 더 좋은 걸 주고 싶어. 산도깨비가 너무 기뻐서 눈물을 펑펑 흘리고 풀쩍풀쩍 뛰어 오르면서 몸이 하늘로 막 날아갈 만큼 좋은 걸 주고 싶어."

할아버지는 꺼진 램프를 들어 올리며,

"음, 그런 게 있다면 말이지. 자, 이제 집에 들어가 콩을 먹자. 조금 있으면 아버지도 들어오실 테니까" 하고는 집 안으로 들어갔습니다.

료지는 저편에 걸려 있는 푸른 보름달을 말없이 바라 보았습니다.

바람이 산 쪽으로 휘이 소리를 내며 불었습니다.

「축제의 밤祭の晩」

행복이란 뭘까?

32 "무엇이 행복인지는 알 수 없어요. 아무리 고통스러운 일이라도, 그것이 올바른 길이라면 오르막길이나 내

리막길도 전부 진정한 행복에 다가서는 한 걸음 한 걸
음이니까요."

「은하철도의 밤」

33 제일 작은 개양귀비가 혼자서 소곤소곤 중얼거렸습니다.
"아, 지겨워죽겠다. 평생 코러스나 하고 있으려니까.
딱 한 번이라도 좋으니 나를 스타로 만들어준다면 죽
어도 좋아."
옆에 있던 검은 반점이 있는 꽃이 곧바로 이어받아 말
했습니다.
"나도 딱 그런 생각이야. 어차피 스타가 안 되더라도
언젠가는 죽잖아."
"흥, 무슨 소리. 너보다는 내가 약간 낫지. 솔직히 인정
할 건 인정하자. 하지만 저 선인장꽃을 좀 봐. 우리하
고는 차원이 다르게 아름다워. 푸른 조끼를 입은 벌파
리와 꿀벌 녀석들까지 전부 곧장 저리로 날아가잖아."

「노송나무와 개양귀비 ひのきとひなげし」

34 나는 외롭다, 아버지는 울며 혼낸다, 슬프다, 어머니는
추위에 손발이 부르튼 채 나의 행복을 빈다. 나는 힘
없이 울고만 있다, 아아 새하얀 하늘이여,
아아, 나는 외롭다.

「부활 전復活の前」

35 "난 엄마가 행복해질 수만 있다면 뭐든 할 거야. 하지
만 대체 무엇이 엄마를 행복하게 해줄까."

어쩐지 캄파넬라는 울음이 터져 나오려는 걸 꾹 참고
있는 것처럼 보였습니다.

"너희 엄마는 힘든 일 같은 거 없으시잖아." 조반니가
깜짝 놀라 말했습니다.

"모르겠어. 하지만 누구든 정말로 좋은 일을 한다면
가장 행복하겠지. 그러니까 엄마는 나를 용서해주실
거야."

「은하철도의 밤」

36 "좋습니다. 조용히들 하세요. 판결하겠습니다. 이 가운
데 가장 못났고, 바보에, 얼빠진 얼간이에, 머리는 나
빠서, 아주 돼먹지 못한 멍텅구리 같은 녀석이 제일
훌륭합니다."

도토리들은 쥐 죽은 듯이 잠잠해졌습니다. 너무도 잠
잠해서 몸이 굳어버린 것 같았습니다.

그제야 들고양이는 검은 공단 옷을 벗고 이마의 땀을
닦으며 이치로의 손을 잡았습니다. 전속 마부도 기뻐
서 채찍을 대여섯 번 휘익 착, 휘익 착, 휘이익 차작
내리쳤습니다. 들고양이가 말했습니다.

"정말 고맙습니다. 이렇게 어려운 재판을 1분 30초 만
에 해결해주셨어요. 부디 제 재판소의 명예 판사가 되

어주십시오. 앞으로도 엽서가 도착하면 와주시지 않
겠습니까. 그때마다 사례는 하겠습니다."

"좋습니다. 사례 같은 건 필요 없어요."

「도토리와 들고양이」

37 그날 밤늦게 고슈는 무언가 크고 검은 물건을 등에 짊
어지고 집으로 돌아왔습니다. 집이라고 해도 마을 외곽
강가에 있는 고장 난 물레방앗간이고, 고슈는 거기서
혼자 살고 있었습니다. 오전에는 물레방앗간 주변의 작
은 밭에서 토마토 가지를 치고 양배추에 붙은 벌레를
잡았고 오후에는 언제나 밖으로 나갔습니다. 고슈가 집
에 돌아와 불을 켜고는 아까 그 검은 물건을 꺼냈습니
다. 그것은 낡고 오래된 첼로였습니다. 고슈는 첼로를
마룻바닥 위에 가만히 올려놓더니 갑자기 선반에서 컵
을 꺼내 양동이 물을 벌컥벌컥 마셨습니다.

그러고는 머리를 한 번 흔들고 의자에 앉아 마치 호랑
이처럼 세찬 기운으로 첼로를 켜기 시작했습니다. 악
보를 넘기며 켜다가는 생각에 잠기고 생각에 잠기다
가는 켜며 마지막까지 열심히 연주하더니 다시 처음
부터 몇 번이고 반복해서 꿍꿍꿍꿍 첼로를 켰습니다.

「첼로 켜는 고슈セロ弾きのゴーシュ」

38 손 장군은 말을 멈추고 손을 이마 높이 대며 주변을

유심히 지켜보더니 얼른 인사를 하고 서둘러 말에서
내려오려고 했다. 하지만 말에서 내려올 수가 없었다.
이미 장군의 두 다리가 말안장에 들러붙고, 안장도 말
등에 들러붙어서 아무리 해도 떨어지지 않았다. 그토
록 용맹한 장군도 당황하여 얼굴이 빨개졌고, 입술을
씰룩거리며 최선을 다해 말에서 뛰어내리려 했으나
도무지 몸이 말을 듣지 않았다. 아, 이는 장군이 30년
이나 국경의 메마른 사막에서 막중한 임무를 어깨에
떠메고, 단 한 번도 말에서 내리지 않아 말과 하나가
되었기 때문이다. 심지어 사막 한가운데 어디에도 풀
이 자랄 곳이 없었기 때문에, 아마도 홀씨들이 장군의
얼굴을 발견하고 뿌리를 내렸으리라. 이상하게 생긴
잿빛 물체들이 장군의 얼굴과 팔을 온통 뒤덮고 있었
다. 병사들에게도 자라 있었다.

「호쿠슈 장군과 세 의사 형제北守将軍と三人兄弟の医者」

39 '이런저런 주문이 많아 귀찮으셨지요.
이거 미안해서 어쩌죠.
이제 마지막입니다.
부디 단지 속 소금을 몸 구석구석 문지르십시오.'
고급스러운 푸른색 소금단지가 놓여 있었는데, 이번
만큼은 두 사람도 심장이 철렁하여 크림을 잔뜩 바른
서로의 얼굴을 마주 보았습니다.

"너무 이상한데."

"나도 이상한 것 같아."

"주문이 많다는 게 저쪽이 우리한테 주문이 많다는 거였어."

"그러니까 말이야, 서양 요리점이라는 게, 내 생각에는, 서양 요리를, 온 사람에게 먹이는 게 아니라, 온 사람을 서양 요리로 만들어서, 먹어버리는 집이라는 거야. 그러니까 그 말은, 다, 다, 다시 말해, 우, 우, 우리가⋯⋯."

덜덜, 덜덜, 몸이 덜덜 떨려서 더는 말도 안 나왔습니다.

"그, 그러니까 우, 우리가⋯⋯ 으악."

벌벌, 벌벌, 몸이 벌벌 떨려서 더는 말도 안 나왔습니다.

"도, 도망⋯⋯."

신사 하나가 부들부들 몸을 떨며 뒤에 있는 문을 열려고 했지만, 저런, 문은 꼼짝도 하지 않았습니다.

안쪽에는 아직 문이 하나 더 있었고, 커다란 열쇠 구멍이 두 개 있었으며, 은색 포크와 나이프 모양이 새겨져 있었습니다.

'자, 일부러 고생이 많으셨습니다.

아주 잘 완성되었네요.

어서 안으로 들어오십시오.'

심지어 열쇠 구멍에서 두 개의 푸른 눈이 두리번두리번 이쪽을 살펴보고 있었습니다.

"으악." 덜덜, 덜덜.

"으악." 벌벌, 벌벌.

두 사람은 울음을 터뜨렸습니다.

그러자 문 안에서 속닥속닥 이런 이야기가 들려왔습니다.

"안 돼. 벌써 눈치챘어. 소금을 안 문지르네."

"당연하지. 대장이 글을 잘못 썼어. 저기다가, 이런저런 주문이 많아 귀찮으셨지요, 이거 미안해서 어쩌죠, 같은 얼빠진 소리를 적어놓으니까 그렇지."

"뭐든 상관없어. 어차피 우리한테 뼈도 나눠 주지 않을 거잖아."

"그건 그렇지. 하지만 만약에 저 녀석들이 여기 안 들어오면, 그건 우리 책임이야."

"부를까? 부르자. 어이, 손님들, 얼른 들어오시오. 들어와. 들어와. 그릇도 씻어두었고, 채소도 소금으로 잘 씻어놓았어. 나머지는 당신들과 채소를 적당히 버무려, 새하얀 접시 위에 올리기만 하면 돼. 어서 들어와."

"이봐, 들어와, 들어와. 샐러드가 싫어서 그래? 그러면 지금부터 불을 피워서 튀김으로 만들어줄까? 아무튼 일단 들어와."

「주문이 많은 요리점」

40 (아, 북두칠성님, 부디 적을 죽이지 않아도 되는 세상이 빨리 오

도록 해주세요. 그런 세상을 위해서라면 제 몸 따위 몇 갈래로 찢어진다 한들 괜찮습니다.)

「까마귀의 북두칠성」

41 '나는 어째서 이렇게 슬픈 것일까. 나는 마음가짐을 더 맑고 크게 가져야만 해. 저쪽 강변 너머에 마치 연기와 같은 작고 푸른 불꽃이 보인다. 저 불꽃은 정말로 조용하고 차갑네. 저 불꽃을 보면서 마음을 침착하게 가라앉히자.'

「은하철도의 밤」

42 "응. 하지만 좋은 곤충이야. 아버지는 이렇게 말씀하셨어. 옛날 발트라 들판에 전갈 한 마리가 있었는데 작은 곤충을 잡아먹으며 살았대. 그러던 어느 날 족제비한테 잡아먹히게 생긴 거야. 전갈은 죽을힘을 다해 도망쳤지만 금방이라도 붙잡힐 것 같았지. 그때 전갈 앞에 우물이 나타나서 그 속으로 뛰어들었어. 아무리 발버둥 쳐도 우물에서 빠져나올 수 없었던 전갈은 익사하면서 이렇게 빌었대.

'아아, 나는 지금까지 얼마나 많은 생명을 죽여왔나. 그랬던 내가 이번에는 족제비에게 쫓겨 죽어라 도망을 치다가 결국 이렇게 되었지. 아아, 이제 아무 데도 기댈 곳이 없구나. 어째서 나는 묵묵히 내 몸을 족제비에게 내주지 않았을까. 그랬다면 족제비도 하루를 더 살았을 텐데. 부디 신이시여, 제 마음을 받아주십시오. 이렇게 덧없이 생명을 버리지 마시고, 부디 다음 생에는 진심으로 모두의 행복을 위해 제 몸을 써주십시오.'

그러자 어느새 전갈은 자기 몸이 새빨갛고 아름답게 불타오르며 한밤중의 어둠을 밝히는 것을 보았대. 지금도 불타고 있다고 아버지가 말씀하셨어. 저 불은 정말로 그 불이야."

「은하철도의 밤」

43 사슴은 커다란 원을 그리며 빙글빙글 빙글빙글 돌고 있었는데 자세히 보니 사슴들이 하나같이 원 한가운데 정신이 팔린 듯했습니다. 왜냐하면 머리도 귀도 눈도 모두 가운데를 향해 있었고 더군다나 무척 끌리는 듯 비틀비틀 두세 걸음 원에서 벗어나 그쪽으로 다가갔기 때문입니다.

물론 원의 한가운데는 아까 가주가 놓아둔 상수리경단 한 조각이 놓여 있었지만, 사슴들이 계속 신경 쓰는 것은 경단이 아니라 그 옆 풀밭에 'ㅅ'자로 떨어져 있는 가주의 흰 손수건이었습니다. 가주는 아픈 다리를 가만히 끌어안으며 이끼 위에 자리를 잡고 앉았습니다.

「사슴 춤의 시작鹿踊りのはじまり」

44 "전 아주 오래전부터 당신만을 생각했어요."

"정말입니까, 정말요, 정말인가요."

"네."

"그렇다면 좋습니다. 결혼을 약속해주세요."

"그렇지만."

"그렇지만 뭔가요. 우리 봄이 되면 제비에게 부탁해 모두에게 알리고 결혼식을 올립시다. 부디 약속해주세요."

"그렇지만 전 이렇게 초라한걸요."

"알고 있습니다. 제겐 그 초라함이 소중합니다."

「시그널과 시그널리스シグナルとシグナレス」

45 나는 설계도 따위 없었다.

그리는 게 귀찮기도 하고 또 하나는 현장에서 영감이 떠오르는 대로 곧바로 꾸미기에 들어간다는 누군가의 멋들어진 공식을 따라볼 요량으로 작업복을 입은 채 병원의 두 병동 사이에 있는 중정으로 들어섰다. 풀을 베러 온 인부도, 병원장의 운전수도, 뢴트겐 조수도 모두 즐거워하며 도와주러 왔다. 순식간에 상자를 부숴 작고 하얀 말뚝도 만들고, 낡은 테두리의 붕대를 풀자 새하얀 공도 나왔다. 아름다운 정사각형 클로버 융단 위에서 해가 저물 때까지 춤을 춰보는 건 어떨까, 푹 푹 찌는 채소밭에서 단조로운 일을 하는 것보다 즐겁겠지, 나는 그런 생각이 들었다. 게다가 이곳에는 관객

이 있었다. 북쪽 2층짜리 건물에서는 낯익은 마을 사람들이 "도미자와 선생님이다, 도미자와 선생님" 하고 자기들끼리 속닥거리고 있었고, 남쪽 진찰실과 수술실이 있는 병동에서는 성녀 테레사 같은 분위기를 풍기는 간호사 견습생들이 오가고 있었다. 더욱이 나는 나의 창조력에 충분한 자신감을 갖고 있었다. 음악을 도형으로 치환하는 일도 가능했고, 꽃으로 Beethoven의 Fantasy*를 그릴 수도 있었다. 그렇게 생각했다.

그리하여 나는 완전히 무대에 오른 듯한 상쾌한 기분으로 4월 초 남쪽 건물의 그림자가 어디까지 드리울지 지붕을 올려다보며 생각하기도 하고, 창문에서 바라본 아침 햇살이나 석양으로 꽃에 역광이 질지 어떨지 눈가늠하기도 하며 정원 중앙에 말뚝 하나를 세웠다.

그때 창가에 병원장이 나타나더니 말했다.

"어떤 꽃을 심을 겁니까?"

"오는 봄에는 무스카리와 튤립을 심을 겁니다."

"여름에는?"

"글쎄요. 정중앙은 칸나와 코키아 같은 관엽종입니다. 그리고 꽃양배추, 캔디터프트, 라일락의 흰색으로 모양을 잡고 이것저것 해볼 생각입니다."

병원장은 더는 못 참겠다는 듯 신발을 신고 내려왔다.

---

*   베토벤의 환상곡.

"어떤 형태로 하실 겁니까?"

"지금 생각 중입니다."

"정방형으로 하실 겁니까?"

젊은 박사를 세 사람이나 거느린 훌륭한 의학박사인 병원장은 어쩐 일인지 흥분하여 빠른 어조로 말했다. 나는 깜짝 놀라 그 얼굴을 보았다. 그런 뒤 주변 창문을 보았다. 그곳에는 수많은 얼굴이 모두 한결같은 표정으로 나를 보고 있었다. 바보 같기 짝이 없는 얼굴로 병원장과 원예가 가운데 누가 더 머리가 잘 돌아가는지 지켜보는 듯했다. 나는 그 생각만으로 가슴이 답답했다.

"뭐 어차피 주변이 이런 상황이니까 대칭형보다는 낫겠지요."

나도 감응한 전도체처럼 대단히 빠른 말투로 대답했다. 병원장이 곧장 나가 농부에게 말했다.

"저 중앙에 매듭을 묶어 여기까지 연결시키고 그렇지, 그렇지, 그런 다음 원을 그려. 세키구치, 거기 말뚝을 죽 박게." 병원장은 흰 매듭을 말뚝 밖으로 둘렀다.

아아, 이건 아니다. 정방형 중에서도 지루한 원이야. 나는 생각했다.

"저쪽 건물에서 딱 세 사람 키 정도의 거리를 두고 정방형을 만들게."

이건 아니다, 아니야. 이렇게 하면 어디에도 음악이

없어. 나는 대칭을 유지하면서도 대단히 불규칙한 모
자이크로 만들고 그 주변에 낮은 벽돌담을 지그재그
로 세워 그곳에 새하얀 석재를 심으려 했어. 태양이
돌 때마다 벽돌의 모자이크 그림자도 파랗게 움직이
겠지. 그리고 꽃이 없어도 석재와 톱밥으로 하나의 모
양을 만드는 거야. 그거라고. 오늘은 틀렸다. 설계도를
그려 와 병원장실에서 둘이 담판을 지어야겠다.
나는 이 유쾌한 창조의 시간대를 엉망으로 만들어버
린 창가의 수많은 얼굴을 최대한 강렬한 시선으로 노
려보았다. 하지만 아무도 나를 보고 있지 않았다. 나는
가녀리고 연약한 정신을 가진 나 자신을 돌아보았다.
너무 민감한 감응체를 가진 나를 때려주고 싶었다.

「화단 꾸미기花壇工作」

46　우리의 눈이 감지할 수 있는 빛의 파장은
0.00076밀리미터(빨강) 내지는
0.0004밀리미터(보라)이므로
이보다 작은 것이 우리 눈에 보일 리는 없습니다.
또한, 일반 현미경으로 보이지 않을 만큼 작아도 어떤
장치를 통하면
약 0.000005밀리미터 정도는 어렴풋이 빛나는 점으로
시야에 들어와 그 존재를 알 수 있습니다. 이것을 초
현미경이라고 합니다.

그런데 사물의 최소 분자 크기가 수소의 경우는

0.00000016밀리미터이고

설탕의 한 종류가

0.00000055밀리미터이므로

우리의 눈으로는 분자의 형태와 구조는 물론 그 존재
마저 볼 수가 없습니다. 그러나 이와 같은, 혹은 이보
다 더 작은 사물을 선명히 볼 줄 아는 사람은 오래전
부터 적지 않았습니다. 그들은 자신의 마음을 수련한
사람들입니다.

「편지 3手紙 三」

47 조반니는 휘파람을 불듯 쓸쓸히 입술을 오므리고 새
카만 노송나무 언덕길을 내려갔습니다.

언덕길 아래 커다란 가로등 하나가 창백한 빛을 내며
멋지게 서 있었습니다. 조반니가 조금씩 가로등 쪽으로
내려가자, 지금까지 요괴처럼 길고 희미하게 끌려오던
조반니의 그림자가 점차 진해지며 다리를 들어 올리고
팔을 흔들면서 조반니 옆으로 바싹 붙었습니다.

'나는 멋진 기관차야. 여기는 경사가 급해서 속도가
빨라지지. 나는 지금 저 가로등을 지날 거야. 그래, 이
제 내 그림자는 컴퍼스가 되겠네. 빙그르르 돌아서 내
앞으로 오지.'

「은하철도의 밤」

48 악업으로 인해 다시 모든 악업을 짓는다. 이는 참으로 짧고도 강렬한 말이 아닌가. 조금 전 인간에게 복수하자는 논의가 있었을 때도 했던 말이지. 하나의 악업으로 인해 하나의 악과惡果를 보는 게야. 그 악과로 인해 다시 새로운 악업을 짓지. 이와 같으니 악은 멈출 줄을 모른다. 수레바퀴가 구르고 굴러 멈출 줄 모름과 같다. 이를 윤회라고도 하고 유전流轉*이라고도 해. 악에서 악으로 도는 것이지.

「26일 밤二十六夜」

49 인간은 진실을 추구한다. 진리를 추구한다. 진정한 도리를 추구한다. 인간이 진정한 도리를 추구하고자 함은 새가 하늘을 날고자 함과 같다. 너희는 잘 기억해 두어라. 인간은 선을 사랑하고 도리를 추구하는 종족이다. 그것이 인간의 성질이다. 너희는 이를 기억하여 잊지 말아야 한다. 너희 모두는 앞으로 인생이라는 대단히 험난한 길을 걷게 될 것이다. 그 길에는 파미르 고원의 얼음과 인더스강의 물과 중국 서부 대사막의 불이 가득할 것이다. 그 어디를 지날지라도 이 두 가지를 결코 잊어서는 안 된다. 그것이 너희를 지켜줄 것이다. 항상 너희에게 가르침을 줄 것이다. 결코 잊어

---

* 불교에서 업의 결과로 생과 사가 끊임없이 윤회하는 일.

서는 안 된다.
「학자 아람하라드가 본 옷学者アラムハラドの見た着物」

50 번개가 치자 유리창 밖으로 너덧 명의 흰 그림자가 이쪽을 들여다보고 있었습니다.

'키가 상당히 작은 것 같은데. 어느 집 아이들이 나처럼 갑작스러운 천둥번개를 피해 이곳으로 왔나 보다. 아니면 이 집에 사는 사람들이 돌아온 것일까. 진상은 알 수가 없어. 아무튼 창문을 열고 인사를 하자.'

가돌프는 가만히 다가가 고장 나 삐걱대는 창문을 열었습니다. 순식간에 차가운 빗방울과 바람이 들이쳐 가돌프의 얼굴을 때렸습니다. 바람에 반쯤 소리가 묻혔지만 가돌프는 정중하게 말했습니다.

"안녕하세요. 누구신가요. 안녕하세요. 누구신가요."

맞은편의 희미한 존재는 어렴풋이 흔들릴 뿐 인사도 하지 않았습니다. 그때 다시 번쩍 번개가 쳐서 주변을 대낮처럼 밝혀주었습니다.

"하하하, 백합이구나. 그러니 대답이 없는 게 당연하지."

가돌프의 웃음소리가 바람과 함께 음산하게 계단을 타고 올라갔습니다.

창밖에는 활짝 핀 흰 백합 열 송이 정도가 격렬한 폭풍우 속에서 번개가 치는 8분의 1초 동안 환하게 반짝이며 서 있었습니다.

그 뒤 곧바로 어둠이 찾아와 눈부신 꽃의 모습이 사라
졌기에, 가돌프는 비 한 방울 맞지 않게 했던 플란넬
셔츠까지 차가운 비바람에 적셔가며 창밖으로 몸을
내밀고, 흔들리는 꽃 그림자를 가만히 응시하며 다음
번개가 칠 때까지 기다렸습니다.

이윽고 다음 번개가 쳐 주변이 파꽛 하고 환하게 빛났
고, 정원이 환등처럼 푸르게 떠올랐습니다. 빗방울은 아
름다운 타원형으로 공중에 멈추었고, 가돌프의 사랑스
러운 꽃도 발끈 성을 내며 새하얗게 서 있었습니다.

'나의 사랑은 지금 저 백합이다. 지금 저 백합이야. 부
디 꺾이지 말아다오.'

「가돌프의 백합ガドルフの百合」

51 몇 번이나 골짜기를 내려왔다가 다시 오르며, 개도 지
쳐 헐떡이고 고주로도 목이 말라 입이 바싹바싹 타
들어갈 즈음, 작년에 지어둔 반쯤 쓰러져가는 오두막
을 발견했다. 고주로가 근처에 샘물이 있었던 것을 기
억해내고는 산을 조금 내려갔더니, 놀랍게도 어미 곰
과 이제 막 한 살이 될까 말까 한 아기 곰이 마치 사람
이 이마에 손을 대고 먼 곳을 바라보듯 어렴풋한 초승
달 아래 멀리 골짜기를 빤히 바라보고 있었다. 고주로
는 마치 그 두 마리의 곰에게서 후광이 비치는 기분이
들어서 그 자리에 우뚝 멈춰 서서 바라보았다. 그러자

아기 곰이 어리광을 부리듯 말했다.

"아무리 봐도 눈이야. 이쪽 골짜기만 하얗잖아. 아무리 봐도 눈이야, 엄마."

그러자 어미 곰은 조금 더 자세히 바라보더니 말했다.

"눈이 아니야, 저기만 눈이 내릴 리가 없잖니."

아기 곰이 또 말했다.

"그러니까 눈이 안 녹고 남아 있는 거지."

"아니, 어제 엄마가 엉겅퀴 싹을 보려고 저길 지나갔단다."

고주로는 가만히 그쪽을 보았다.

달빛이 푸르스름하게 산비탈을 미끄러져 흐르고 있었다. 그곳은 마침 은빛 갑옷처럼 빛나고 있었다. 얼마 후 아기 곰이 말했다.

"눈이 아니라면 서리네. 분명 서리야."

정말로 오늘 밤은 서리가 내릴 거라고 고주로는 혼자 생각했다. 달님 근처에 양자리 41번 별 주변이 저렇게 푸른빛으로 떨리고 있었고, 달님의 빛깔도 마치 얼음과 같았기 때문이다.

"아, 엄마는 알겠다. 저건 말이야, 목련이야."

"아, 목련이 핀 거였구나. 나 그 꽃 알아."

"아니, 넌 아직 본 적 없단다."

"알아. 내가 얼마 전에 주워 왔잖아."

"아니, 그건 목련이 아니란다. 네가 가져왔던 건 오동

꽃이지."

"그랬나?"

아기 곰은 어물거리며 대답했다. 고주로는 이상하게
가슴이 아파서 저기 골짜기에 흰 눈처럼 피어난 꽃과
하염없이 달빛을 쐬며 서 있는 곰 모자를 슬쩍 보고
는, 소리가 나지 않게 조용히 자리를 떴다. 바람이 부
디 곰들에게 불지 않기를 바라며 고주로는 살금살금
뒷걸음질을 쳤다. 녹나무 향기가 달빛과 함께 스윽 흘
러들었다.

「나메토코산의 곰なめとこ山の熊」

52 하루는 오래전 마을을 떠나 지금은 미국의 어느 대학
교수인 젊은 박사가 15년 만에 고향으로 돌아왔습니다.
그 옛날 논밭과 숲의 모습은 어디에도 없었습니다. 마을
사람들도 대부분 외지에서 새로 들어와 있었습니다.
그래도 박사는 초등학교에 초청되어 강당에서 사람들
에게 먼 나라 이야기를 들려주었습니다.
이야기를 마친 뒤 박사는 교장을 비롯해서 교사들과
함께 운동장으로 나와 겐주의 숲으로 향했습니다.
그때 젊은 박사는 깜짝 놀라 몇 번이고 안경을 고쳐
쓰며 반쯤 혼잣말처럼 말했습니다.
"아, 여기는 옛날하고 똑같구나. 나무까지 옛날하고 똑
같아. 나무는 오히려 더 작아진 것 같네. 다들 신나게

놀고 있어. 아, 저 속에 나와 내 옛 친구들이 있을 것만 같구나."

박사는 별안간 생각난 듯 활짝 웃으며 교장에게 물었습니다.

"여기가 지금은 학교 운동장입니까?"

"아니요. 이곳은 저쪽 집 땅입니다만 그 집 사람들이 그냥 아이들이 와서 놀도록 내버려두어서 마치 학교 부속 운동장처럼 되었는데 사실은 그렇지 않습니다."

"참 신기한 분들이로군요. 대체 어떻게 된 일일까요."

"이곳이 도회지가 된 뒤로 다들 땅을 팔아라, 팔아라, 했다는데 땅 주인 되시는 노인분이 이곳은 겐주가 남긴 단 하나의 유품이니 아무리 어려워도 팔 수 없다고 하신답니다."

"아, 그래요. 있었어요, 있었습니다. 우리는 그 겐주라는 사람이 조금 모자라다고 생각했어요. 늘 시근시근 웃는 사람이었습니다. 이 부근에 서서 늘 우리가 노는 모습을 보고 있었습니다. 이 삼나무도 다 그 사람이 심었다고 했는데. 아아, 정말이지 누가 똑똑하고 누가 바보인지 알 수가 없네요. 부처님의 뜻은 참으로 신기합니다. 이제 이곳은 언제까지나 아이들의 아름다운 공원일 거예요. 이곳을 겐주 공원 숲이라 이름 붙여 언제까지나 이 모습 그대로 보존하면 어떨까요."

"정말 좋은 생각이십니다. 그렇게 된다면 아이들도 얼

마나 행복하겠습니까.”

모든 일은 그대로 되었습니다.

잔디밭 한가운데, 아이들의 숲 앞에 '겐주 공원 숲'이라고 새긴 푸른 감람석 비석이 세워졌습니다.

오래전 그 학교를 졸업하고 지금은 검사가 되거나 장교가 되거나 바다 건너에서 작지만 농원을 가진 사람들로부터 수많은 편지와 돈이 학교로 모여들었습니다.

겐주 집 사람들은 기뻐서 눈물을 흘렸습니다.

정말이지 이 공원 숲 삼나무의 짙은 녹음과 산뜻한 냄새, 여름의 시원한 그늘, 반짝이는 달빛색 잔디가 앞으로 얼마나 많은 사람에게 진정한 행복이 무엇인지 알려줄까요.

숲은 겐주가 살아 있었을 때처럼 비가 내리면 차고 투명한 물방울을 짧은 잔풀에 똑똑 떨어뜨렸고 해님이 반짝일 때는 신선하고 깨끗한 공기를 상쾌하게 내뱉고 있었습니다.

「겐주 공원 숲」

53 “오, 세상에나! 멋집니다. 정말로 하늘 나라로 가는 차표로군요. 하늘 나라뿐만 아니라 어디든 마음대로 갈 수 있는 통행권입니다. 이 종이만 가지고 있으면, 이렇게 불완전한 환상 사차원 은하철도 같은 건 어디까지고 마음껏 타고 갈 수 있지요. 당신 대단한 분이

었군요."

「은하철도의 밤」

모두가 한없는 생명

54 '아아, 나는 매일 밤 장수풍뎅이와 수많은 날벌레를 죽이고 있었구나. 그리고 단 하나의 내가 이번에는 매에게 죽임을 당한다. 그것이 이토록 괴로운 일이구나. 아아, 괴로워, 괴로워. 나는 이제 벌레를 먹지 않고 굶어서 죽자. 아니, 그전에 매가 나를 죽이겠지. 아니, 그전에 나는 머나먼 하늘로 날아가버리자.'

「쏙독새의 별」

55 저녁이 되어 기분이 조금 좋아진 돼지는 조용히 일어났다. 기분이 좋다고는 해도 결국 돼지의 기분이기에 사과처럼 사각사각하지도, 푸른 하늘처럼 반짝이지도 않는다. 회색빛 기분이다. 회색빛치고는 다소 차고 투명한 기분이다. 하긴 진정 돼지의 기분을 알기 위해서는 실제로 돼지가 되어보는 수밖에 없다.

「플랜던농업학교의 돼지 フランドン農学校の豚」

56 "곰아. 나는 네가 미워서 죽인 게 아니란다. 나도 장사

를 위해서 너를 쏘아야만 한다. 나도 이런 죄를 안 짓고 살 수 있으면 좋겠지만, 농사지을 밭도 없고, 나무는 나라님 소유고, 마을로 나가도 상대해주는 사람이 없어. 하는 수 없이 사냥꾼이 될 수밖에 없었다. 네가 곰으로 태어난 게 숙명이라면 나도 이런 장사가 숙명이야. 알겠니. 다음 생애는 곰으로 태어나지 말거라." 그럴 때면 개도 완전히 풀이 죽어 눈을 가늘게 뜨고 앉아 있었다.

「나메토코산의 곰」

57 누가 누구를 용서한단 말인가. 우리는 모두 동등하게 바람이자 구름이자 물이거늘.

「용과 시인龍と詩人」

58 은행나무에 열린 열매가 모두 한꺼번에 눈을 떴습니다. 다들 가슴이 철렁 내려앉았습니다. 오늘이야말로 여행을 떠나는 날이었으니까요. 이미 전부터 알고 있었고, 어젯밤 찾아온 까마귀 두 마리도 그렇게 말했습니다.

"떨어지다가 눈이 핑핑 돌면 어쩌지?"

은행나무 열매 하나가 말했습니다.

"눈을 꼭 감으면 되지."

다른 열매가 대답했습니다.

"아, 맞다. 물통에 물을 채워놓는다는 걸 깜박했네."

"난 물은 물론이고 박하수도 준비했지. 조금 나눠 줄까? 여행 가서 속이 너무 안 좋을 때 조금 마시면 좋다고 엄마가 그랬어."

"엄마가 나는 왜 안 챙겨줬을까?"

"그러니까 내가 줄게. 엄마를 미워하지 마."

그렇습니다. 이 은행나무가 어머니였습니다.

올해는 천 명이나 되는 황금빛 아이가 태어났습니다. 그리고 오늘은 이 아이들이 모두 함께 여행을 떠나는 날이랍니다. 어머니는 아이들과 헤어지는 게 너무 슬픈 나머지 어제까지 부채꼴 모양을 하고 있던 황금 머리털을 죄다 떨어뜨렸습니다.

"있잖아, 우리는 어디로 가는 걸까?"

한 은행 열매 아이가 하늘을 올려다보며 중얼거리듯 말했습니다.

"나도 잘 모르겠어. 아무 데도 가고 싶지 않아."

그렇게 말하는 아이도 있었습니다.

"난 무슨 일이 있어도 엄마 곁에 있고 싶어."

"그건 안 된다고 바람이 매일 말했잖아."

"진짜 싫다."

"우리도 전부 뿔뿔이 흩어지겠지?"

"응, 그럴 거야. 난 이제 아무것도 필요 없어."

"나도. 여태껏 내 멋대로 굴어서 미안해. 용서해줘."

"어머, 나야말로. 미안해. 용서해줘."

「은행나무 열매의 여행いちょうの実」

59 저걸 좀 보세요. 저기 하늘이 새파랗지요. 마치 아름
다운 공작석 같습니다. 하지만 이제 곧 해님이 저곳을
지나 산으로 넘어가면 저쪽은 달맞이꽃 같은 색이 될
겁니다. 그러나 그 꽃도 곧 지고 이윽고 저물녘 은빛
과 별을 아로새긴 밤이 내려옵니다.

그맘때 저 무지개는 어디로 가고, 또 어디에서 태어날
까요. 눈앞에 펼쳐진 이 아름다운 들판과 언덕도 모두
1초씩 깎여나가거나 무너집니다. 하지만 혹시라도 진
정한 힘이 우리 안에 있다면, 모든 쇠약한 것, 구겨진
것, 불규칙한 것, 허무한 것, 이들 모두가 한없는 생명
입니다.

「개머루와 무지개めくらぶどうと虹」

60 춘세가 포세를 찾아다니는 건 의미 없는 짓이다. 왜냐
하면 세상 모든 아이는, 밭에서 밭일하는 사람도, 기차
안에서 사과를 먹는 사람도, 또 노래하는 새와 노래하
지 않는 새도, 푸르고 검은 갖가지 물고기, 세상 모든
짐승도, 온갖 곤충도, 모두, 모두, 오래전부터 서로 형
제이므로. 만약 춘세가 포세를 진심으로 가엾게 여긴
다면 크게 용기 내 세상 모든 생명체의 진정한 행복을

빌어야 한다.

「편지 4手紙 四」

61 이치로는 눈이 부셔 고개를 들 수 없었습니다. 그 사람은 맨발이었습니다. 마치 조개껍데기처럼 하얗게 빛나는 커다란 맨발이었습니다. 뒤꿈치 살이 반짝이며 땅에 닿았습니다. 크고 새하얀 맨발이었습니다. 그 부드러운 맨발이 뾰죽뾰죽 날카로운 마노 조각과 타오르는 빨간 불길을 밟았지만 상처나 화상도 입지 않았습니다. 지면의 가시조차 부러지지 않았습니다.

"두려워할 것 없다."

희미한 미소를 띠며 그 사람이 말했습니다. 큰 눈동자가 푸른 연꽃처럼 지긋이 모두를 보았습니다. 다들 자기도 모르게 합장했습니다.

"두려워 마라. 너희의 죄는 이 세계를 뒤덮는 크나큰 덕성에 비하면 태양빛 아래 엉겅퀴 가시 끝에 달린 작은 물방울에 불과하다. 두려워할 것은 아무것도 없다."

어느 틈엔가 다들 그 사람 주변에 원을 그리듯 모였습니다. 조금 전까지만 해도 그토록 무서워 보였던 귀신들이 지금은 모두 그 큰 손을 모으고 고개를 푹 숙인 채 뒤에 서 있었습니다.

그 사람은 조용히 모두를 둘러보았습니다.

"다들 극심한 상처를 입었구나. 이는 너희가 너희 자

신을 상처 입힌 것이다. 하지만 그 또한 아무 일도 아니다."

그 사람은 크고 새하얀 손으로 나라오의 머리를 어루만졌습니다. 나라오와 이치로는 그 손에서 풍기는 은은한 후박나무꽃 향기를 맡았습니다. 이윽고 모두의 몸에 있던 상처가 깨끗이 나았습니다.

「빛의 맨발ひかりの素足」

62 스리야 님이 사촌 동생에게 말씀하시기를, 너도 이제 재미를 위한 살생은 그만두는 게 어떻겠느냐고 하셨습니다.

그런데 사촌 동생은 아주 쌀쌀맞게 그만둘 수 없다고 대답했습니다.

"너는 참으로 비정하구나. 무언가를 상처 입히고 죽이는 행위가 어떤 일인지 알고 있느냐. 생명은 무엇에게든 슬픈 것이다."

스리야 님은 거듭 타이르셨습니다.

"그럴지도 모르지. 하지만 그렇지 않을지도 몰라. 그렇다면 나는 더 재미있는 일을 할 거야. 그런 시시한 이야기는 그만둬. 그런 건 오래전 중놈들이나 하던 말이지. 저길 봐, 저쪽에 기러기가 날아간다. 내가 가서 이 총으로 숨통을 끊어주지."

사촌 동생은 총을 들고 달려가 보이지 않게 되었습니다.

스리야 님은 크고 검은 기러기의 행렬을 물끄러미 바라보며 서 있었습니다.

그때 저편에서 검고 뾰족한 총알이 솟아올라 제일 앞에 날아가던 기러기의 가슴에 박혔습니다.

기러기는 두세 번 흔들렸습니다. 순식간에 몸이 불타오르더니, 유달리 비통한 비명을 지르며 떨어져 내렸습니다.

총알이 다시 솟아올라, 다음 기러기의 가슴을 꿰뚫었습니다. 그래도 기러기들은 도망치지 않았습니다. 오히려 울고불고 소리치면서도, 떨어지는 기러기의 뒤를 따랐습니다.

세 번째 총알이 솟아올랐고,

네 번째 총알이 또 솟아올랐습니다.

여섯 발의 총알이 여섯 마리의 기러기를 향해 솟아올랐고, 제일 뒤에 날아가던 작은 기러기 한 마리만이 다치지 않고 살아남았습니다. 불에 타오르며 소리 지르는 기러기 떼는 번민하며 하늘에서 떨어져 내렸고, 마지막 한 마리는 울며 뒤를 따라가 기러기의 올바른 행렬이 조금도 흐트러지지 않았습니다.

그때 스리야 님은 깜짝 놀랐습니다. 어느새 기러기가 모두 하늘을 나는 사람으로 변해 있었던 것입니다.

붉은 불꽃에 휩싸여 손발이 뒤틀린 채 탄식하며 사람 다섯이 떨어져 내렸고, 맨 마지막에 온전히 남은 단

한 사람, 그것은 너무도 사랑스러운 하늘의 아이였습니다.

「기러기 아이雁の童子」

63 동쪽 하늘은 해님이 타오르기도 전에 호박색 맥주를 가득 쏟아부은 듯했습니다. 그렇게 여름이 되자 요괴들은 소란을 피우기 시작했습니다. 그 이유는 요괴들의 보리가 꽃만 피울 뿐 한 톨도 영글지 않았기 때문입니다. 가을이 되어도 마찬가지였고 밤나무조차 푸른 가시 돋친 밤송이만 생길 뿐 속이 텅 비어 있었습니다.

그해가 저물고 이듬해 봄이 되자 극심한 기근이 덮쳤습니다.

숲속의 푸른 요괴인 네네무의 아버지가 하루는 머리를 싸매고 생각에 잠겨 있다가 벌떡 일어나서,

"숲에 가서 먹을 걸 좀 찾아오마" 하고 비틀비틀 집을 나갔습니다만, 아무리 기다려도 돌아오지 않았습니다. 분명 요괴 세계의 천국으로 떠났을 테지요.

네네무의 어머니는 매일 퀭한 눈으로 한숨을 쉬다가 어느 날 네네무와 마미미에게,

"들판에 나가 먹을 걸 좀 찾아오마" 하고 비틀비틀 집을 나갔습니다만, 역시 아무리 기다려도 돌아오지 않았습니다. 분명 어머니도 천국의 부름을 받은 게지요.

네네무와 어린 마미미는 단둘이 추위와 배고픔에 벌벌 떨고 있었습니다.

그러던 어느 날, 문간에 날카로운 눈매를 한 키가 큰 남자가 나타났습니다.

"어이, 안녕하신가. 나는 이 지방의 기근을 도우러 온 사람일세. 자, 뭐든 먹어봐."

남자는 와플과 건포도빵과 그 밖의 맛있는 음식이 잔뜩 담긴 커다란 바구니를 든 채 집 안으로 들어왔습니다.

네네무와 마미미는 바구니를 낚아채듯 하며 우적우적, 냠냠, 정신없이 먹고는 이윽고,

"아저씨 고맙습니다. 정말로 고마워요" 하고 말했습니다.

남자는 눈을 희번덕거리며 두 아이가 먹는 모습을 가만히 지켜보다가 마침내 입을 열었습니다.

"너희는 참 착한 아이로구나. 하지만 착하기만 해서는 아무 쓸모가 없지. 나하고 같이 가자. 좋은 곳으로 데려다주마. 남자아이는 힘도 세고 무릎뼈나 복숭아뼈가 단단해져서 안 되겠지만, 어이, 여자아이. 너는 아저씨하고 같이 가자. 하루 종일 건포도빵을 먹게 해주지."

네네무와 마미미는 아무런 대답도 하지 못했지만 남자는 마미미를 바구니 속에 휙 집어넣고는,

"어어, 휘이휘이, 어어, 휘이휘이" 하고 바람처럼 순식간에 집을 빠져나갔습니다.

무슨 상황인지 알지 못하고 주위를 두리번거리던 마

미미는 문간을 벗어나자 비로소 으앙 하고 울음을 터뜨렸습니다. 네네무는 "도둑이다, 도둑이야!" 하고 울부짖으며 쫓아갔지만 남자는 이미 숲을 빠져나가 저 멀리 들판을 달려가는 모습이 언뜻 보였습니다. 마미미의 목소리가 작고 하얀 삼각형 빛으로 네네무의 가슴에 저며들었습니다.

네네무는 울고 성을 내며 숲속을 이리저리 달리고 걷던 끝에 너무 지쳐 쿵 쓰러지고 말았습니다.

「펜넨넨넨넨 네네무의 전기ペンネンネンネンネン・ネネムの伝記」

64 "배가 빙산에 부딪혀 삽시간에 기울어지더니 가라앉기 시작했습니다. 달빛이 희미하게 비쳤습니다만 안개가 심했습니다. 좌현에 걸려 있던 구명보트의 반을 못 쓰게 되어서 승객들을 다 태울 수가 없었어요. 그 사이 배가 가라앉았고, 저는 필사적으로 아이들을 태워달라고 소리 질렀습니다. 가까이 있던 사람들은 곧바로 길을 터주고 아이들을 위해 빌어주었습니다. 하지만 거기서 보트까지는 여전히 다른 아이들과 부모님들이 많이 있어서, 도무지 밀어붙일 용기가 나지 않았습니다. 그래도 저는 어떻게 해서든 이 아이들을 살리는 것이 제 의무라고 생각했기 때문에 앞쪽 아이들을 밀어젖히려고 했습니다. 그러다가 이렇게까지 하기보다는 이대로 하느님 앞으로 같이 가는 게 정말로

이 아이들의 행복일 거라는 생각도 들었습니다. 그러
다가 또 하느님을 등진 죄는 나 혼자 지으면 되니까,
이 아이들을 반드시 구하자고도 생각했습니다. 하지
만 곧 그것이 불가능하다는 사실을 깨달았습니다. 앞
쪽에서 아이들만 보트 안에 밀어 넣은 엄마는 미친 사
람처럼 키스를 퍼붓고, 아빠는 슬픔을 꾹 참으며 멍하
니 서 있으니, 뒤에 있는 저는 애간장이 타들어갔습니
다. 그러는 사이 배는 점점 더 가라앉아 저는 마음을
단단히 먹고 이 두 아이를 안고서, 떠오를 수 있을 만
큼 떠오르자고 각오하며 배가 가라앉기를 기다렸습
니다. 누가 던졌는지 구명 튜브 하나가 날아왔지만 미
끄러져서 한참 멀리 가버렸습니다. 저는 젖 먹던 힘을
다해 갑판 격자를 뜯어내 셋이서 그걸 꼭 붙들고 있었
습니다. 어디선가 ○○*소리가 울려 퍼졌습니다. 그 순
간 사람들은 갖가지 언어로 다 같이 그 노래를 불렀
습니다. 그때 굉음이 들리고 우리는 물속으로 빠졌습
니다. 소용돌이에 휘말려 두 아이를 꼭 껴안고 멍하니
있다가 정신이 드니 여기에 와 있었던 것입니다. 이
아이들의 어머니는 재작년에 돌아가셨습니다. 예, 구
명보트에 타고 있던 사람들은 살았을 겁니다. 상당히
숙련된 선원들이 힘차게 노를 저어 재빨리 배에서 멀

---

* 원문에 두 글자 정도의 공백이 있다.

어졌으니까요."

「은하철도의 밤」

65 옛날 옛적에 용이 한 마리 살았습니다.

힘이 아주 세고 겉모습도 무시무시한 데다 끔찍한 독을 품고 있어서, 세상 어떤 동물도 용을 만나면 약한 것들은 보기만 해도 정신을 잃고 쓰러졌으며, 강한 것들은 독이 퍼져 곧 죽어버릴 정도였습니다. 어느 날 용은 착하게 살기로 결심했습니다. 나쁜 짓도 하지 않고 모든 생명을 고통에 빠뜨리지 말자고 맹세했습니다.

그래서 고요한 곳을 찾아 풀숲으로 들어간 뒤 세상의 이치를 궁리하다가 이윽고 너무 지쳐서 잠이 들었습니다.

대체로 잠든 용은 뱀을 닮았습니다.

이 용도 잠든 뱀의 형상으로 몸을 말았고, 몸에는 어여쁜 청색과 금색 문양이 나타났습니다.

그때 사냥꾼이 나타나 뱀을 보고 깜짝 놀라 기뻐하며 말했습니다.

"이렇게 아름답고 진귀한 가죽을 임금님께 바쳐 장식품으로 쓰시게 하면 얼마나 멋있을까." 사냥꾼은 막대기로 용의 머리를 쿡 눌러 칼로 가죽을 벗기기 시작했습니다. 용은 눈을 감은 채 생각했습니다.

'내 힘이면 이 나라도 망하게 할 수 있다. 이 사냥꾼 따

위는 아무것도 아니다. 지금 내가 숨을 한 번만 내쉬어
도 독이 퍼져 죽겠지. 하지만 나는 아까 더는 나쁜 짓을
하지 않기로 맹세했고, 이 사냥꾼을 죽이는 것도 가엾기
짝이 없다. 그냥 내 몸을 던져주고 꾹 참자.'

각오를 다진 용은 아픔을 참고 견뎠습니다. 또 사냥꾼
에게 독이 닿지 않도록 숨을 죽인 채 가죽이 벗겨져도
분하다는 생각조차 들지 않도록 최선을 다했습니다.

잠시 후 사냥꾼은 벗긴 가죽을 가지고 떠나버렸습니다.
용은 가죽이 벗겨져 붉은 살만 남은 채 땅에 누워 있
었습니다.

해가 쨍쨍 비쳐서 땅이 무척 뜨거웠기 때문에 용은 괴
로움에 터덜터덜 물가로 가려 했습니다.

이때 작은 벌레 떼가 그 살을 먹으려고 달려들었고 용
은 또 생각했습니다.

'지금 나의 몸을 수많은 벌레에게 내어줌은 진실의 길
을 위해서다. 지금 벌레들에게 살을 내어주면 이들에
게 진실의 길을 알려줄 수 있다.'

움직이지 않고 묵묵히 벌레에게 몸을 내어준 뒤 용은
말라 죽었습니다.

그 후 용은 다시 천상에서 태어났고, 훗날 세상에서
가장 훌륭한 인간인 부처님이 되어 모두에게 행복을
나누어주었습니다.

그때 벌레 떼도 용이 생각한 것처럼 훗날 부처님의 가

르침을 받고 진실의 길로 들어섰습니다.

이처럼 부처님이 진실을 위해 몸을 버린 장소는 지금 세계 곳곳에 이릅니다.

이 이야기는 동화가 아닙니다.

「편지 1手紙 一」

II

별자리의 노래

·

시

비에도 지지 않고

1   비에도 지지 않고
    바람에도 지지 않고
    눈에도 여름날 더위에도 지지 않는
    튼튼한 몸을 지니며
    욕심이 없이
    화내는 법도 없이
    언제나 조용히 미소 짓는다
    하루에 현미 네 홉과
    된장과 약간의 채소를 먹으며
    세상 모든 일을
    제 몫을 셈하지 않고
    잘 보고 듣고 헤아려
    그리하여 잊지 않고
    들판 솔숲 그늘 아래
    작은 초가지붕 오두막에 몸을 누이며
    동쪽에 아픈 아이 있으면
    가서 보살펴주고
    서쪽에 지친 어머니 있으면
    가서 그 볏짐을 지고
    남쪽에 죽어가는 사람 있으면
    가서 무서울 것 없으니 괜찮다 하고

북쪽에 싸움이나 소송 있으면

부질없는 짓이니 그만두라 하고

가뭄 든 때에는 눈물 흘리고

추위 든 여름에는 버둥버둥 걸으며

모두에게 바보라 불리고

칭찬도 받지 않고

고통도 주지 않는

그런 사람이

나는 되고 싶네

「비에도 지지 않고」, 겐지의 수첩에서

2   이제 더 이상 외롭지 않다

외롭지 않다고 아무리 말해본들

다시 외로워질 것은 불을 보듯 뻔한 일

하지만 지금은 이것으로 됐다

모든 외로움과 비통함을 불태워

사람은 투명한 궤도를 나아간다

「고이와이 농장小岩井農場」 부분, 『봄과 아수라』

3   눈보라는 거세고

오늘도 암석은 무시무시하게 떨어지는데

    ……어째서 그리 쉴 새 없이

      꽁꽁 언 기적 소리를 울리는가……

그림자와 매캐한 연기 속에서
새파랗게 질린 사람 하나가 비틀비틀 걸어온다
그것은 얼음 속 미래에서 내던져진
전율스러운 나의 그림자였다

「미래에서 온 그림자未来圏からの影」, 『봄과 아수라 제2집』

4　이끼 위에 앉아 밥을 먹는데
밀가루와 소금으로 만든
이 새하얀 원반이
얼마나 훌륭하고 맛이 좋은지
뒤에는 구부러진 소나무를 그려 넣고
앞에는 '大' 자를 집어넣었다
이 센베이*가 크다는 광고일까
이걸 만든 사람 이름이 오쿠라大蔵라도 되나
그것도 아니면 어디선가 사 온 오래된 틀이리라
이걸 팔던 사람은 분명 다리를 절고 있었다
발파 현장에서 다리를 다치고
자기가 태어난 마을 입구에서
센베이 같은 걸 구워 팔며 살기도 한다
동전 한 닢을 공손히 받아 들며
한 장 한 장 과자를 세는데

---

*　일본식 밀가루 전병.

빨강 머리 아이가 옆에서 한 장만 달라고 한다
그 사람은 속으로 쿡쿡 웃으면서도
얼굴을 찡그리며 못생긴 센베이 하나를 골라 주었다
서쪽 숲에서 차가운 바람이 불어오는 아침
머리 위로 굽은 소나무가 비죽비죽 솟아 있는데
하얀 밀가루로 만든 팬케이크는 또 얼마나 맛있
는지
경마장의 말들이 시금치를 먹듯
미국 사람들이 아스파라거스를 먹듯
맑고 깨끗한 바람과 함께 정신없이 먹는다
이런 것을 speisen*이라 하는 것이리라
      ……구름은 세차게 솟구치고
         들판 저 멀리서 천둥이 친다……
숲속 발삼전나무 냄새를 마시고
새 아침 햇살 꿀에 찍어서
나는 마지막 남은 하얀 大 자를 먹는다

「아침밥朝餐」, 『봄과 아수라 제2집』

5   손은 뜨겁고 발은 저려와도
    나는 이 탑을 세워야 한다

---

*   스파이즌, 독일어로 '식사하다'.

미끄러져가는 시간의 축에서
여기저기를 아름답게 비추며
찬란히 어둠을 밝히는
그 탑의 자태는 고귀하여라

「손은 뜨겁고 발은 저려와도手は熱く足はなゆれど」,『병상에서』

6 찔레꽃 덤불을
겨우 다 걷어내었을 때는
태양이 이글이글 타오르고 있어서
하늘이 죄 어두워 보였다
나와 다이치와 주사쿠는
그대로 조릿대 숲에 쓰러져
쿨쿨 잠이 들고만 싶었다
강물은 1초에 9톤의 바늘을 흘려보내고
백로 떼가 동쪽으로 훨훨 날았다

「땅 일구기開墾」,『봄과 아수라 제3집』

7 작은 나무쪽 몇 개로
HELL이라고 썼다가 LOVE라고 고친다

「오호츠크 만가」 부분,『봄과 아수라』

8 벼가 이렇게 다 쓰러졌는데
아직도 비가 더 내린단 말인가

겨울 동안 철도 인부가 되기도 하고
뼈를 깎는 심정으로 이자를 빌리기도 해서
겨우겨우 비료를 얻어 심은 벼인데
기어이 엉망으로 짓밟을 셈인가
전기회사가
대낮처럼 켜놓은 저 하늘색
논두렁마다 시름은 깊어
신에게 바치는 기도까지 올리며
벼가 익는 가을을 기다리는데
무심히도 밀려오는 먹구름이여

「기도祈り挽歌」, 시 노트에서

9 참억새와 어두운 숲 저 너머에서
색다른 품종의 바람이 윙윙 불고 있다
반짝반짝 주름진 구름과 격자무늬 봄볕 속에서
바람이 수상한 냄새를 풍기며 떨고 있다
하늘이 비친 공허한 강과
검은 연기를 살짝 들어
기와 공장 뒷마당 선반에 올려두면
맑고 깨끗한 소리가 다시 울린다
이곳 밭에서 듣고 있으면
밝고 즐겁기만 한 일일 것 같지만
밤에는 거기서 주이치가

피로에 절어 화를 내며 돌아온다

「아득한 작업はるかな作業」,『봄과 아수라 제3집』

10 아무리 애를 써도 못 견디게 외로울 때
인간은 모두 두려움에 떨게 되리니

「고이와이 농장」 부분,『봄과 아수라』

11 탁해서 거품 이는 못자리 논에
양철 빛깔의 한 마리 해오라기 그림자가
조용히 움직이며
밤새 개구리 우는 소리 이어지는 사이
졸리고 쓸쓸한 아침이 되었다
그렇게 오늘도 비는 내리지 않고
모두들 이쪽저쪽
막 모내기를 마친 논두렁에
가만히 꿈쩍 않고 내처 앉아서
이 궁리 저 궁리 같은 궁리를
여기서 이틀 밤낮 하고 있노라면……
밤나무 아래 푸르스름 어둑하게
졸졸 물 흐르는 홈통 위로
순례자들의 신성한 데와산잔出羽三山 비석이 서고
물길이 한눈에 내려다보이며
뒤늦은 벼가 뿌리를 내리는 날수

이삭을 내는 시기를

두 번이고 세 번이고 계산하는 사이

돌멩이가 차가워지고

은은한 구름 줄무늬가 선명해지면서

서쪽의 솟아오른 바위 너머 하늘이 흐려진다

「가뭄과 참선渴水と座禪」, 『봄과 아수라 제2집』

12 큰일이에요

멈출 수가 없네요

콸콸 쏟아지니까요

어젯밤부터 잠 못 이룰 만큼 피가 나오고

다들 파랗게 질려 쥐 죽은 듯 조용하니

아마도 이제 곧 죽을 모양입니다

하지만 이 얼마나 좋은 바람인가요

벌써 청명淸明도 다가오고요

저렇게 푸른 하늘에서 뭉게뭉게 솟아나듯이

맑고 깨끗한 바람이 불어옵니다

단풍잎 새싹과 솜털 같은 꽃에

가을 풀 같은 파도가 일어

그을린 자국 있는 골풀 멍석마저도 파릇합니다

당신은 어디 학회라도 다녀오는 길인지

검은 프록코트를 차려입고

이렇게 정성스레 이런저런 처치를 해주시니

저는 죽더라도 불만이 없습니다
피가 나오고 있는데도 불구하고
이토록 태평하고 괴롭지 않은 것은
혼백이 반쯤은 몸을 떠난 탓일까요
다만 이놈의 피 때문에
말을 할 수 없다는 게 분합니다
당신이 보기에는 무척이나 참담한 풍경이겠으나
제 눈에 보이는 것은
그저 아름다운 푸른 하늘과
투명한 바람뿐입니다

「눈으로 말하다」, 『병상에서』

13 잠들어보려 해도 잠이 오지 않고
식은땀을 흘리며 고열에 시달리는데
시계는 4시를 가리키고 있다
나는 마치 남처럼
어제 4시의 나를 시샘한다
아아 그 무렵엔
땀도 없고 통증도 잊고
이십대의 가벼운 심신으로 돌아가
세피아색 가로수 길을 누비며
어여쁜 초겨울 공기 속에서
찾아온 제자들과

오사카카 산마루를 오르고 있었다

「잠들어보려 해도 잠이 오지 않고眠らう眠らうとあせりながら」, 『병상에서』

14 그리고 나는 곧 죽으리라
나라는 존재는 대체 무엇인가
닥치는 대로 책을 읽고 생각에 생각을 거듭하고
이런 말도 듣고 저런 가르침도 받았지만
결국은 아직 잘 모르겠다
나라는 존재가 무엇인지

「그리고 나는 곧 죽으리라そしてわたくしはまもなく死ぬのだらう」, 『병상에서』

빛과 아지랑이

15 분노의 씁쓸함 혹은 미숙함
4월의 대기층 쏟아지는 햇빛 속을
침 뱉고 이 갈며 이리저리 오가는
나는 하나의 아수라로다
    (풍경은 눈물에 아른거리고)

「봄과 아수라」 부분, 『봄과 아수라』

16 빗방울이 후드득후드득 떨어집니다.
심상의 명멸이 조각조각 떨어지는 투명한 비입니다.

비에 젖는 것은 쇠뜨기와 괭이밥,
노송나무 머리칼은 너무 자랐습니다.

나의 가슴안은 어둡고 뜨거워
이미 발효가 시작된 것이 아닌가 싶습니다.

비에 젖은 초록빛 제방 이쪽을
짙푸른 고무 망토를 입고
천천히 걷는 일은 정말이지 괴롭습니다.

당신은 지금 어디에 계십니까.

「편지手簡」, 『봄과 아수라 보충 원고春と修羅 補遺』

17 검은 머리도 젖고 짐도 젖어
겨우 당신이 객차 안으로 들어오니
눈 내릴 듯한 하늘에는 낮의 전등이 켜지고
유리창에는 희미하게 김이 서립니다
        ……푸르스름한 바위의 빛과
            어둡게 지나가는 노송나무 무리……
키만큼 쌓아 올린 검은 목탄을
지장보살의 감실처럼 어깨에 짊어진 채
굽이굽이 산을 돌고
꽝꽝히 우는 댐을 지나

진눈깨비 휘날리는 산벼랑 길을
당신 혼자서 열심히 달려와
마을로 가는 화물열차에 매달렸을 때
목탄 더미의 짚 깔린 밑바닥이
가을비에 선 것처럼
또 한 번 붉게 타올랐습니다
      ……비는 똑바로 투명하게 내리고
        눈은 조용히 흩날리며 내리는
        요염한 봄날 진눈깨비입니다……
당신이 진눈깨비에 젖어 얌전히 서 있으면
한낮의 전등은 무거운 하늘에서 타오르고
뿌옇게 흐린 창문 이쪽에서
당신은 빨간 무늬가 든 천 조각을
이집트 사람처럼 머리에 둘러씁니다
      ……빙하기 거대한 눈보라의 후예는
        이따금 거리의 가스등을 부수어
        마을 주민들을 진정시켰다……
나의 검은 모자에서는
차고 밝은 물방울이 떨어지고
우중충하게 흐린 구름 아래를
노란 불빛을 켜며
열차는 힘차게 달려나갑니다

「봄날 독백早春独白」, 『봄과 아수라 제2집』

18   신앙을 통해서만 얻을 수 있는 것을
      어찌하여 인간 안에서 구하려 하는가

      「종교풍 사랑宗教風の恋」 부분, 『봄과 아수라』

19   그것은 하나의 정염情炎
      이미 물빛 과거가 되었습니다

      「과거정염過去情炎」 부분, 『봄과 아수라』

20   붙잡으려 할수록 작은 새는 그 손을 벗어나 하늘로 날
      아가네

      「습작習作」 부분, 『봄과 아수라』

21   바람은 하늘로 불고
      그 여운에 풀잎이 살랑거린다
      할미꽃 솜털의 소박함이여

      「할미꽃おきなぐさ」 부분, 『봄과 아수라』

22   막 움트기 시작한 버드나무 가지로
      머리를 살짝 건드리니
      슬금슬금 도는데
      무척이나 윤기 있고 서투르다
      방울뱀도 아니면서
      꼬리를 차르르르 흔드는 걸 보니

방울뱀이 아니어도
뱀은 꼬리를 흔드나 보다
푸르다
푸르다
무늬도 푸르고 멋진데
훌륭하게 리듬도 탄다
저것 봐라 저 포즈 지금 주제는
'번쩍이는 공격'쯤 되는 것이겠지
마지막에 연한 분홍빛
입을 크게 벌리는 게
배우가 따로 없다
허세를 부리는 데 일가견이 있네
좀 더 찰싹찰싹 때려주었다
오늘은 거름 내는 날이라
뱀에 손을 대고 말았다
하지만 뱀아,
아무래도 너를 놀리고 있으려니
신 토마토를 먹고 있는 기분이야
네가 먼저 도망가는 것이냐
그러면 나도 여기서 도망가야지

「뱀 춤蛇踊」, 『봄과 아수라 제3집』

23 물빛 하늘 아래

고원의 눈이 반사되는 허공에
투명한 바람이 불어오고 있다
갈색으로 물든 낙엽송 무리가
제각기 모두 꿈틀대고 있다
까마귀 한 마리가 자외선에 타오르면서
이상하게 뻗은 한 가닥 마음에 머물러
꽤 오래된 하늘색 꿈을 떠올리며 초조해하고 있다
바람이 자꾸 불면
나무는 의지할 곳 없이 이리저리 흔들리고
까마귀는 한 마리 보트처럼
    ……까마귀도 일부러 흔들리고 있다……
겨울 아지랑이 물결에 떠도는데
그럼에도 여기저기 눈의 조각물은
너무도 고요하기만 하다

「까마귀烏」, 『봄과 아수라 제2집』

24 하늘에는 티끌처럼 작은 새가 날고
아지랑이와 푸른 그리스 글자는
눈벌판에 분주히 타오릅니다

「겨울과 은하 스테이션冬と銀河ステーション」 부분, 『봄과 아수라』

25 나는 숲과 들판의 연인
갈대숲 사이를 바스락바스락 가다 보면

수줍게 접힌 녹색 편지가
어느새 주머니 속으로 들어오고
숲속 어두운 길을 가다 보면
초승달 모양 입술 자국이
팔꿈치와 바지에 가득하구나

「잇폰기 들판―本木野」 부분, 『봄과 아수라』

26 반사된 하늘의 산란 속에서
낡아서 검게 푹 파인 것
빛의 티끌들 밑바닥에
더럽고 흰 앙금 같은 것

「이와테산岩手山」 부분, 『봄과 아수라』

27 하얗게 빛나는 구름은 여기저기 잘려 나가
저 영구한 바닷속 짙푸름이 얼굴을 내민다
이어지는 하늘의 신선한 해삼 향

「진공용매眞空溶媒」 부분, 『봄과 아수라』

28 여기저기서
소동이나 벌이며
한잔하고 싶어 하는 녀석들 천지다
양치식물의 잎과 구름
세계는 그렇게 차고 어둡다

하지만 조만간
그런 녀석들은
홀로 썩고
홀로 빗물에 쓸려 갈지니
남은 것은 고요하고 푸른 양치식물뿐
그리고 그것이 인간의 석탄기였다고
어딘가의 투명한 지질학자가 기록하리라

「정치가政治家」, 시 노트에서

29 조금 아까 불이야 하고 소란을 피운 건 무지개였습니다
벌써 한 시간도 넘게 늠름히 떠 있네요

「보고報告」, 『봄과 아수라』

30 늪에 자란 것은 수양버들과 샐러드
깨끗한 갈대 샐러드다

「숲의 기사山巡査」 부분, 『봄과 아수라』

31 할미꽃 한 송이 꺾어 꽂으니
빛에 산화되는 구름 조각들

「할미꽃」 부분, 『봄과 아수라』

32 온통 분홍바늘꽃 군락이
빛과 아지랑이의 보라색 꽃을 달고서

멀리서 가까이서 보잇보잇하다

「스즈야 평원」 부분, 『봄과 아수라』

33 문득 검고 긴 다리를 멈추고
두 손을 두 귀에 갖다 댄 채
전선의 오르골을 듣는다

「도둑ぬすびと」 부분, 『봄과 아수라』

34 (이런 곳에서 일하는 거로구나)
비커, 삼각플라스크, 분젠버너,
(회반죽 바른 벽에 둘러싸여서)
난로는 저 혼자 윙윙거리고
노란 시계는 재깍재깍 움직인다
(유리로 된 오보에가 아주 많네)
(저건 역류냉각기)
(상당히 큰 컵이군)
(어떤가, 자네, 수산화칼륨이라도 한 잔 줄까)
(흐음)
눈의 반사와 포플러의 우듬지
하늘에 흘러가는 오팔 구름
혹은 자잘한 얼음 알갱이
(분석만 하면 자네는 뭐든 알 수 있나)
(응 물질이라면)

(아하하하 오늘은 아주 겸손하구나

 뉴턴을 똑 닮았어)

(이봐 뉴턴은 물리학이야)

(이거나 저거나 한 끗 차이지

 교수가 되고 박사가 되면

 남작도 될 수 있겠군)

(어이어이, 조수가 보고 있네)

　　　　뜨거운 김이 모락모락 솟는 보온병

(봄이 올 것 같지가 않군)

(아닐세, 오면 한 번에 온다니까

 봄의 속도는 또 다르고)

(봄에 속도가 있다니 웃기는군)

(문학 아류가 뭘 알겠나,

 애초에 봄이란

 기상인자의 계열일세

 처음에는 오리나무에 노끈 같은 꽃이 맺히고

 마지막에는 겹꽃잎 벚꽃이 지지

 그것이 지점을 통과하는 순간

 속도가 거기에 생기겠지)

(그런 소릴 썼다가는

 논문은 흐물흐물 맥을 못 추겠구먼)

(논문은 쩡쩡하네)

　　　　△

(몇 시쯤 되면 같이 나갈 수 있나?)

(4시가 좋겠네)

(이제 한 시간 남았군)

(음 온실에서 놀고 있게

 끝나면 그리로 가지

 조수가 이것저것 알려줄 거야)

(그럼 그렇게 하세

 저쪽 현관 옆이지)

(음 그래

 혼자 들어가도 괜찮네

 문은 열어두지 말고)

「실험실 풍경実験室小景」, 『봄과 아수라 제3집』

35   구름은 양모처럼 곱슬하고

    검푸른 오리나무의 모자이크

    공중에는 얼음 조각 구름이 떠가고

    참억새는 반짝이며 지나간다

「구름과 오리나무雲とはんのき」 부분, 『봄과 아수라』

36   해수면은 아침의 탄산 탓에 온통 녹슬었다

「오호츠크 만가」 부분, 『봄과 아수라』

37   화창하게 샘솟는 이른 새벽 상쾌함에

얼어붙은 종달새도 노래를 한다
그 맑고 깨끗한 울림이
하늘 전체에
영향을 미친다

「진공용매」부분, 『봄과 아수라』

38 번민합니까
번민한다면
비 오는 날
대나무와 졸참나무 숲속으로 가세요
  (너야말로 머리가 산발인데)
대나무와 졸참나무 숲속으로 가세요
  (너야말로 머리가 산발인데
   그런 머리를 하고 있으니
   그런 생각도 드는 거란다)

「대나무와 졸참나무竹と楢」, 『봄과 아수라』

가장 가까운 이의 죽음 앞에서

39 오늘 안으로
멀리 떠나버릴 나의 누이여
진눈깨비 내려 바깥은 수상히도 환하구나

119

　　　(눈송이 담아 가져다주세요)
불그름하여 더 음산한 구름에서
진눈깨비 푹푹 날리어 온다
　　　(눈송이 담아 가져다주세요)
푸른 순채 무늬가 새겨진
이 빠진 사기그릇 두 개를 챙겨
네가 먹을 눈송이를 담으려고
나는 휘도는 총알처럼 빠르게
어두운 눈보라 속으로 달려나갔다
　　　(눈송이 담아 가져다주세요)
창연색 감도는 컴컴한 구름에서
진눈깨비 푹푹 잠기어 온다
아아 도시코
이제 죽음의 문턱에서
나의 일생을 밝혀주려고
이렇게 산뜻한 눈 한 그릇을
너는 나에게 부탁했구나
고맙다 나의 씩씩한 누이여
나도 올곧게 나아가겠다
　　　(눈송이 담아 가져다주세요)

「영결의 아침」 부분, 『봄과 아수라』

　　　((나 이제 죽어도 좋으니

저 숲속으로 가고 싶어

열이 심해지더라도

저 숲속이라면 정말로 죽어도 좋아))

「분화만(녹턴)」, 『봄과 아수라』

41 오늘 나의 영혼은 황폐해

까마귀조차 바로 볼 수 없다

누이는 이제

차가운 청동 병실에서

장밋빛 투명한 불에 타들어가리

정말이지 그러나 누이여

오늘은 나도 너무 괴로워

버들개지마저 딸 수 없구나

「사랑과 열병恋と病熱」, 『봄과 아수라』

42 돌고래는 검고 미끈미끈하다.

갈매기가 슬픈 음색으로 울며 따라간다.

물 밖으로 뛰어오르는 돌고래

장난기 넘치는 검은 원뿔꼴

지느러미가 정지한 손바닥처럼 보인다.

포물선을 그리며 다시 수면으로 떨어지더니

(더없이 깨끗한 물이다.)

물로 들어가 미끄러지듯 나아간다.

이렇게 즐거운 선박 여행도 해보지 못하고

그저 이와테현 하나마키와

도쿄 고이시카와 기숙사

두 곳밖에 알지 못한 채

어딘가 다른 곳으로 떠나버린 네가

내 마음을 얼마나 아프게 하는지.

「쓰가루해협津軽海峡」 부분, 『봄과 아수라 보충 원고』

43   아아 내가 거대한 진실의 힘에서 멀어져

순수와 작은 도덕심들을 잃고

검푸른 수라도를 걷고 있을 때

너는 너에게 주어진 길을

홀로 외로이 가려 하느냐

「무성통곡」 부분, 『봄과 아수라』

44   한밤중 이렇게 아무도 없는 갑판에서

(비마저 조금씩 내리고 있고,)

해협을 건너고 있으니, (옻칠한 검은 어둠이 어여쁘구나.)

내가 바다로 떨어지거나 하늘로 내던져질 일은 없을까.

그럴 일이 일어날 인과 연쇄는 없다.

하지만 만약 도시코가 밤을 지나다가

어디선가 나를 부른다면

나는 물론 바다로 떨어지리라.

도시코가 나를 부를 일은 없다.
부를 필요가 없는 곳으로 갔으니.

「소야 만가」 부분, 『봄과 아수라 보충 원고』

45 도시코, 정말로 네가 내 생각처럼
괴로움 없는 곳에서
행복하게 지내고 있는 것이 아니라면
그래서 우리가 가고자 하는 길이
진리가 아니라면
있는 힘껏 용기를 내어
내게는 보이지 않는 다른 차원의 공간에서
너를 둘러싼 갖가지 장애를
극복하고 나에게 알려다오.
우리가 믿고 가고자 하는 길이
혹시 잘못된 것이라면
궁극의 행복에 가닿는 길이 아니라면
지금 바로 내게로 와서
그 사실을 알려주렴.
모두의 진정한 행복을 위해서라면
우리는 이대로 시커먼
바닷속에 갇힌다 해도 후회는 없으리니.

「소야 만가」 부분, 『봄과 아수라 보충 원고』

46 나의 감각이 닿지 않는 다른 차원에
이제껏 여기 있던 현상이 비친다
그것은 너무나 쓸쓸한 일이다

    (그 쓸쓸함을 우리는 죽음이라 부르는 것이리라)

「분화만(녹턴)」 부분, 『봄과 아수라』

47 혹시라도 내 소원이 하늘에 닿는다면
나와 인간과 만상이 다 함께
더할 나위 없는 행복에 이르고자 한다

「고이와이 농장」 부분, 『봄과 아수라』

48   ((모두 오래전부터 한 형제였으니
                한 사람만을 위해 기도해서는 안 돼))
아아 나는 결코 그리하지 않았습니다
누이가 죽은 뒤 기나긴 밤낮
나는 단 한순간도
누이만 좋은 곳으로 가게 해달라고
그렇게 빌지는 않았습니다

「아오모리 만가」 부분, 『봄과 아수라』

III

부디 행복하시기를

·

편지

1 더 이상 성적 이야기는 듣고 싶지 않아.

나는 다음 학기에도 나만의 독자적인 활동을 이어갈
생각이야.

겐지 14세, 중학교 친구 후지와라 겐지로에게(1910. 9. 19.)

2 제 뼈와 근육이 강철보다도 강하고 질병도 번민도 없
이 산다면 서투른 체조 같은 걸 하는 것보다 훨씬 더
큰 효도라고 생각합니다. 이 편지를 보신다면 제가 요
즘 꽤 건방지다고 하시겠지요. 또 제가 올 3월경부터
문학적인 글을 쓴다며 무게를 잡고 시 같은 걸 쓰고
있다고 타박하시겠지요. 아버님이 보시기에 제 사상
이 행여 위험한 방향으로 가지는 않을까 걱정하실 줄
로 압니다.

걱정하지 마십시오. 저는 이미 제 길을 정했습니다.

『탄이초歎異抄』* 첫 페이지를 보고 제 신앙을 굳혔어요.

겐지 16세, 모리오카중학교 기숙사에서 아버지 미야자와 마사지로에게

(1912. 12. 3.)

3 우선은 희망하는 일을 위해 교양을 갈고닦아야 하는
시기라고 생각하면 그리 나쁘지 않다고 생각해.

---

* 가마쿠라시대에 쓰인 일본의 불교서. 아미타불은 모든 인간을 구제한다는
말로 시작한다.

어차피 해야 하는 일이라면 그렇게 생각하는 편이 너에게 도움이 되겠지. 다만 앞으로의 일을 잘 생각해서 시간을 헛되이 보내지 않도록 하려무나.

물론 경쟁에 대해서는 잘 알아서 하리라 믿지만 그런 일은 완전히 운이니까 크게 신경 쓸 일이 아니야. 그런 일로 낙담하지 않도록 주의하기를 바란다.

주변 상황이 너무도 시시하게 느껴지는 일은 어디를 가나 똑같고 고등학교에서도 완전한 자습은 어려울 거야. 내가 있는 학교에서도 여러 가지 시시한 일을 호들갑스럽게 시켜서 어처구니없는 경우가 많단다. 교수나 사무관처럼 비교적 묵직해 보이는 인간들도 하는 일의 절반은 사람들과 교류하는 데 쓰고 있는 듯해. 예를 들어 잡초가 가득 자란 산에 올라 강하고 질긴 풀이 너무 많다고 한숨을 쉬며 다른 언덕을 둘러보면 참으로 밝고 아름답고 부드러워 보일 때가 있잖아.

하지만 네가 잘 생각해서 결정을 내린다면 그게 뭐든 괜찮다고 생각한다.

앞으로 나는 무슨 일이 있어도 남에게 강요하는 행동은 하지 않을 테고 혹시 집안에서 그런 일이 발생한다면 끝까지 반대할 테니 무엇이든 네가 가장 좋다고 생각하는 방향으로 가려무나.

겐지 19세, 모리오카고등농림학교 기숙사에서 일본여자대학교 기숙사에 있는 여동생 미야자와 도시에게 (1915. 10. 21.)

4 우리가 새로운 문명을 건설할 날이 그리 멀지 않았지만, 그때까지는 고요히 깊이 있게 항상 공부하고 끊임없이 마음을 수련하여 커다란 초석을 만들어두어야 하지 않을까. 아, 이 세상의 무주의無主義하고 무질서한 결점을 드높이 외치고 싶지만 그렇게 되면 지난번 자네처럼 오해와 미움만 받을 테고, 잘못된 철학을 완고하게 붙들고 늘어지는 사람들은 진정 올바른 길로 오지 못할 테지. 지금 우리는 이 세상 약점들과 불거져 나온 문제들을 나열할 수 있어. 하지만 "모든 사람이여, 다 함께 진실의 길을 찾읍시다"라는 말을 우리가 할 수는 없는 일이야. 우리에게는 그런 힘이 없기 때문이지.

호사카*여, 모두 함께하는 게 아니라 해도 어쩔 수 없겠지. 부디 우리만이라도 한동안은 고요히 깊이 있게 더할 나위 없는 법을 얻기 위한 여행을 최선을 다해 떠나보자. 이윽고 우리가 일체의 현상을 우리 안에 담을 수 있게 된다면 그때야말로 드높이 드높이 우리의 주장을 외치며 들고일어나, 잘못된 철학과 제멋대로인 도덕을 아무런 어려움 없이 타파해나갈 수 있겠지.

---

* 모리오카고등농림학교 기숙사 시절 룸메이트였으나 문예지 〈아잘레아アザレア〉에 황실을 공격하는 내용을 기고하여 퇴학당했다. 「은하철도의 밤」에 등장하는 캄파넬라의 모델이라는 설이 있다.

나의 오랜 선생님*은 서른두 살쯤 되었을 때 비로소 모두를 위한 설법을 시작했어. 호사카여, 우리는 지금 젊기에 자칫 잘못하면 처음에는 진실한 마음에서 시작한 일일지라도 어느 틈엔가 무시무시한 악마가 우리의 둥지를 삼켜버릴 위험이 도사리고 있어. 무슨 일이 있어도 순수하게, 사람을 진정으로 사랑하는 마음으로 모든 일을 행하고 싶다. 그렇게 하는 것만이 또한 우리 자신을 구하는 길일 테지.

겐지 22세, 절친한 사이였던 호사카 가나이에게(1918. 3. 20.)

5 우리 집은 하나의 신앙으로 가득 차 있다. 하지만 나는 그 신앙이 만족스럽지 않아. 미안한 말이지만 이 신앙은 가족과 함께 있을 때만 적용돼. 하루빨리 속된 세상을 떠나 나만의 길을 분명히 찾고, 사람들을 이끄는 신력을 갖추어 그들을 법락法樂의 길에 들게 하고 싶어. 그것 말고는 달리 내가 어머니를 위해 무엇을 해드릴 수 있겠니. 그렇기에 불효지만 내가 결혼해서 어머니를 안심시켜드리는 일은 없을 거야. 나는 지금 한 가지 임무를 다하기 위해 정말이지 어둡고 음침한 나날을 보내고 있다. 학교에서 세키 씨 실험실에 들어가 이 지역 토양을 분석하고 있거든. 정말이지 끔찍한 실패의 연속

* 법화경을 기반으로 나라를 구원하고자 한 일본의 승려 니치렌을 이른다.